Kadokawa Fantastic Novels
4
U0082438
JYDIO
10
我和班上第二可愛的女生成為朋友
たかた [插畫] 日向あずり

「對了，阿夕不交個男朋友嗎？」
「嗯～我想想喔～……
雖然有我覺得帥氣的人，
但又好像不是想談戀愛的那種……
好啦，比起這些我們趕快去學校吧？」
天海夕 —— Amami Yuu
眾人公認的班上No.1美少女。
與海是從國小就認識的好友。
朝凪海 —— Asanagi Umi
成績優秀並且待人和善，
男生都說她是「班上第二
可愛的女生」。

「嗚，想在新生裡挖掘後起之秀，得等到入學典禮了嗎？」
「……新奈，自重一點。」
✦新田新奈 —— Niita Nina
很為朋友著想，說話不經掩飾的直腸子。徵求男朋友中。
✦前原真樹 —— Maehara Maki
不停轉學，始終沒學會如何交朋友就升上高中，與興趣相投的海一見如故。終於成為男女朋友。

「姆……唔。」

「……做什麼?我都要回去了。」
✦荒江渚 —— Arae Nagisa
剛升上二年級，與真樹、夕同屬十班。
身為遲到慣犯，平時都是一臉不高興，
原因在於……？

「請問，中村同學要做什麼——」
「好的。兩位客人光臨～」
「咦？等、等一下……」
當我發現海也同樣被中村同學
抓住的下一瞬間，
我們被身後的四人在背上用力一推，
跌進了位於體育館旁的體育倉庫。
腳下正好有一塊體操用的大軟墊，
我與海被他們這樣一推，
不由得都倒到墊子上。
「中村同學，這是在做什麼？怎麼回事？」

「——讓你們兩個獨處一會兒，
妳就趁這個機會，讓前原同學為妳加油打氣吧。」
✦中村澪 —— Nakamura Mio
剛升上二年級，跟海同屬十一班。
是學業成績全學年第一的逸才，卻也是個怪胎。

關

請請請多指教。

Nina

為什麼在這裡也在緊張啦？你是第一次加入這種群組？

才不是。是因為之前的成員都是男生……

Amami

呵呵，這樣啊。請多指教了，關同學。

好好的，請多指教天海同學。

Asanagi

……這下病得不輕啊。

Maehara

嗯。可能挺糟的。

噗噗，連委員長都這麼說，好好笑。

加……加油啊，關同學！

……本來不應該是這樣的。

好吧，你在這裡也像平常那樣說話就好。

真樹只有在這裡特別健談就是了？

……說話會讓我緊張啊。

是嗎？只有我們獨處的時候，你都一直在撩我耶？

欸，關同學，知道了吧？就是這種感覺。

……原來如此，真的就和平常一樣。

我和班上第二可愛的女生成為朋友

④

たかた ［插畫］日向あずり

Kadokawa Fantastic Novels

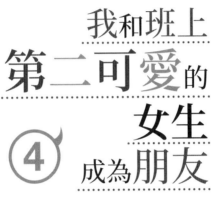

I became friends
with the second cutest girl
in the class.

目錄

序章

「——欸，海。」

「嗯～？怎麼啦？」

「春假，今天就要結束了耶。」

「就是啊。明天起又要上學，沒辦法像今天這樣賴床了。」

「……是不是會想再多休一天？」

「我懂。不過，即使真的多一天，等到了那天，我想我們一定還是會說一樣的話。」

「……的確。」

迎來四月，翌日就是新學年的開始，我們一如往常，懶洋洋地待在暖桌旁。

都春天了還窩在暖桌——我明白這樣很邋遢，而且也差不多該收起來了。但早上還很冷，而且有些日子的氣溫會降到個位數，所以無論我或海，都相當難以抗拒暖桌的魅力。

在溫暖的暖桌裡，和喜歡的對象肩並肩打盹半個小時，悠閒地一起度過——從開始放假後，幾乎每天都享受著這種幸福，卻要從明天起變回一貫的日常，就會覺得有些抗拒。

……不過這種像小孩會說的任性發言沒辦法一直持續下去，所以到了早上，我還是會趕緊換上制服去學校。

「先不說這個，真樹，從明天起就是新學年，你都準備好了嗎？像是要穿去的制服，還有儀容等等。應該說你的頭髮還有瀏海變得太長了些，不會覺得礙事嗎？」

「妳指出的範圍可真集中啊……的確我的頭髮是有些長了。」

「不剪嗎？」

「嗯～……」

記得最後一次剪頭髮是在二月的時候——正好是即將開始打工前，所以算起來已經放任頭髮長了兩個月左右。

打工時從頭到尾戴著帽子，瀏海也收在帽子裡，所以泳未學姊和店長並未對此說過什麼，但這樣下去，多半會牴觸到校規吧。

我們高中的校規對於女生相對寬鬆，但對男生就很嚴格。所以有必要維持在剛好不至於被警告的範圍內。

「可是啊……說是變長，也只是多少會在意的程度，因為這樣就特地去理髮廳，總覺得有點提不起勁。」

「咦？為什麼？」

「因為妳看，只是去修剪一下頭髮而已，有點浪費。」

「你是指……錢嗎？」

「……這，是啦。雖然也不是沒有其他理由。」

雖說理所當然，但在理髮廳，無論他們幫我修剪多少頭髮，不都會一律收取指定的費用嗎？撇除千圓理髮等型態多少比較特殊的的店。一般的理髮廳平均大概都落在三千圓到四千圓左右，這樣一來就得與荷包商量了。

也因為開始打工，比起以前多少有錢可花，但工時短，而且同時也不拿媽媽給我的零用錢，所以一來一往之下，增加的金額大概也就幾千圓吧。

而這幾千圓，幾乎都用在跟海玩樂所需花費的遊戲錢、漫畫錢，還有偶爾需要的約會費用——往往到發薪日的前幾天就會見底。

當然作為海的男朋友，我清楚明白得儘量多留意服裝儀容。

「相較於修剪的髮量，支出的費用卻不划算……是嗎？該怎麼說，這想法非常有真樹的風格呢。」

「……對不起，我就是注重ＣＰ值。」

「真是的。不過真樹是這樣的男生，從至今的相處中我已經知道，而且也習慣了，所以沒關係啦。那麼其他理由是？」

「還有就是……單純不太想被不認識的人碰我的頭髮吧。我想海也知道，我其實還挺怕癢的。」

或許是至今為止都對別人築起高牆的影響，包括頭髮在內，脖子、腋下等敏感部位被碰觸到時，我的身體就會過度反應。

如果是雙親或像海這樣來往夠久而相互知心，就會降到沒問題的程度……但我和「常去的理髮廳」這句話可說是完全無緣，所以偶爾忍耐去店裡剪髮的時候，幾乎每次都讓店員很困擾，而且在某些店裡還會被取笑……坦白說，我很怕去剪頭髮。

「原來如此，情況我大概懂了。可是，我還是私心覺得把頭髮打理好會比較好喔？我覺得那樣也會比較帥氣。」

「唔……」

「啊～啊～好想看喔～好想看我的男朋友帥得不像同一個人喔～那樣我說不定就會更喜歡真樹了喔～？」

被海，也就是我喜歡得不得了的女朋友這麼一說，實在很難堅持下去。

我基本上很重視ＣＰ值，但這些想法在海的笑容與「好帥」這句話前就會相形失色。

……我這個男生也太單純了吧。

為了掌握現狀，我看了看錢包。

五千圓鈔一張，千圓鈔兩張——前幾天為了買海的生日禮物花了不少錢，但倒也不是這樣就把打工錢花光了，所以理髮的錢大概還付得出來吧。

「海，如果不介意，可以介紹推薦的理髮廳給我嗎？」

「嗯，好啊。我知道有個地方最適合真樹了。」

於是我緊急變更計畫，決定在海的帶領下去理頭髮。然而——

我在海的帶領下來到對我們而言很熟悉的地方。

「——我說啊，海。」

「好的，什麼事呢，這位客人？」

「這裡就是最適合我的好去處？」

「嗯。」

「……這裡是朝凪家沒錯吧？」

「對啊？你已經忘記女朋友家的外觀了嗎？」

「不，我沒忘。」

停在車庫的黑色廂型車與車子後方可以看見庭院裡有個小小的家庭菜園，種著小番茄與其他各種蔬菜。

去年年底我生病時，就是在這裡得到了無論怎麼答謝都不夠的照顧。

然而，為什麼會在正準備去剪頭髮時來到這個地方呢？

……有種不好的預感。

「海，該不會，這個……」

「好的，一位客人～」

「啊，來硬的。」

就像是被我說中似的，海打斷我的話，用力推著我的背，把我推進家裡。

看樣子接下來要在朝凪家剪頭髮。

「哎呀！真樹同學，歡迎你來。理髮的準備已經完成，等你做好心理準備，隨時都可以開始。」

「為什麼只是修剪瀏海，就需要這麼重大的覺悟……」

「呵呵，開玩笑的。我們在庭院剪，所以你只要把外套放在那邊的沙發上就好。」

海在返家的途中就有先與人聯絡，看來這就是她的目的。

「呃，該不會是空伯母要幫我剪？」

「我也會幫忙的。媽媽平常有幫爸爸剪頭髮，已經很習慣了，而且也不是要剪短很多，所以我想應該沒問題。以前我和老哥也偶爾會讓媽媽剪。雖然已經是很久以前的事了。」

這麼說來，多半是讀小學以前吧。

下午溫暖的陽光照進庭院草地上，空伯母拿著閃爍耀眼光芒的理髮用剪刀，臉上雖然掛著平靜的笑容，現在卻讓我覺得有些可怕。

「那麼，如何？在我們家剪的話就不用花錢，而且由我們來剪，真樹同學也可以安心交給我們吧？就算太癢而做出什麼奇怪的反應，在我們家也沒有問題。當然了，我們是外行人，所以還是擔心有可能會剪得不好看。」

「說得也是。」

話說回來，海的提議也可以說已經盡可能聽進了我的需求。

也想過事出突然，會不會給空伯母和海添麻煩，但從她們的樣子看來，兩人都很想動手，所以這點似乎不是問題。

「所以，如何？如果你現在要改變計畫，我就帶你去平常我剪頭髮的地方。」

「嗯～……那麼機會難得，今天就麻煩兩位了。畢竟只是稍微修剪，而且我本來就沒那麼在意髮型。」

雖然也有可能失敗，但到時候只要好好梳理加以掩飾就好了吧。雖然憑我一個人辦不到，但我有海這個可靠的夥伴。

「那就這麼說定了。媽媽，真樹說可以。」

「嗡～」

「空伯母，只有現在可以請妳不要用電動理髮器的聲音回答嗎？」

「哎呀，對不起。我已經很久沒有幫孩子的爸以外的人剪頭髮，所以有點開心。啊，這只是以防萬一拿來的，所以你放心吧。」

還是現在就老實付錢請專業人士……想歸想，但我已經被她們帶到椅子上坐下，所以也只能死心了。

雖然還有些不放心，但我信任她們兩人，應該不至於弄得很糟吧。

「那我要開始嘍。」

「好的，麻煩空伯母了。還有海也是。」

「好，包在我身上。」

總算漸漸變得宜人的好天氣下，朝凪家母女開始理髮。

首先由空伯母察看我整個頭部並慢慢用剪刀修剪。

也因為平時就幫大地伯父剪頭髮，空伯母修整髮尾的動作很熟練。

海似乎是負責我容易敏感的脖子跟耳朵附近。

「真樹，可能會有點癢，對不起喔。」

「嗯，沒事。」

海一邊聽空伯母給的建議，一邊小心翼翼地修剪我的頭髮。

她正好繞到我背後，所以看不見她的表情，但想必正以非常認真的表情在幫我剪髮吧。

情人節的時候也是一樣，這種時候的海，真的是個非常認真的女生。

也因為知道這些事，即使被海的手碰到脖子或耳朵，我也不會覺得癢。

……話說回來，反而覺得有點舒服。

「海，不要一下子剪太多。要用梳子一點一點剪。」

「嗯……嗯，我知道。」

接下來好一陣子只聽到剪刀聲，以及海些微的呼吸聲。理髮就在這寧靜的氣氛下順利進行。

就長度而言應該並未剪短太多，但整體上會覺得頭輕了些。

「──好，大概就這樣吧……嗯，雖然很久沒剪，但應該剪得還不錯吧？海呢？」

「唔～以第一次來說，可能算是剪得不錯了吧。」

「……怎麼最後冒出了個不能聽過就算的消息。」

然而我看了看鏡子，並沒有什麼特別突兀的地方，所以就結果來說算是很好吧。

既然她們都幫我剪得這麼好，除了「謝謝妳們」以外，我也沒話說。

只是從下次起就乖乖預約，也好好付錢理髮吧。

「好了，真樹同學的頭髮也剪完了，我差不多要準備張羅晚飯了。真樹同學，難得你來，吃過飯再走吧，今天我們吃燒肉。」

「喔，媽媽這主意不錯嘛。真樹，在吃晚飯前，就在我房間玩遊戲消磨時間吧。我現在就去老哥房間摸走……我是說借幾款好玩的遊戲。」

「……總之，別惹得陸哥生氣。」

每次來朝凪家打擾，她們都像這樣對我很好，所以沒能做出像樣的答謝，讓我挺過意不去，不過希望將來有機會能夠好好報答。

儘管不知會是何時，但我和朝凪家的人們多半會長久來往下去。

「啊，對了……欸，真樹。」

「嗯？」

「耳朵借我一下。」

我正瞪著鏡子思考從明天起該如何整理髮型，就感覺到海突然靠了過來。

刺激鼻腔的甜香與貼上來的身體那柔軟觸感，讓我怦然心動。

「……什麼事？」

「呵呵，就是有件事想偷偷跟你說。」

海抓準空伯母準備出門採買的空檔，在我耳邊說起悄悄話。

（——你很帥喔，真樹。）

「…………」

「啊，你剛剛心跳加速了對吧？」

「沒……沒有啊，也沒什麼，啦……」

「咦～？你騙人你騙人，逞強不好喔～？你最怕被這樣突襲，這點我早就看穿了。」

「……真是的，妳好賊。」

「嘿嘿。誰教我是你的女朋友呢。」

隨著以戀人相處的時光不斷積累，總覺得我愈來愈被海騎到頭上，不過像這樣被她玩弄在手掌心的感覺，其實也不壞。

我的春假最後一天，就這樣熱鬧地度過了。

1. 決定命運的分班

上一次能夠用如此陽光的心情迎來新學年的早晨，已經是多久以前的事了呢？

換做是直到去年的我，絕對不可能這樣。隨著顯示在晨間資訊節目左上方的時間一分一秒接近上學時間，心情就會愈來愈排斥，看著每天星座占卜的結果（這種時候排名幾乎也很低……），嘆著氣一個人孤伶伶地上學。

但過了一年，升上高中二年級的現在——

「真樹，今天起又要去上學了，你還好嗎？是不是在假裝身體不舒服？」

「為什麼前提是裝病啦……今天是一年級生的入學典禮，又要重新分班，所以課只上到中午，沒問題的。倒是媽媽今天也會晚回家嗎？」

「是啊。我會趕在還能搭上最後一班電車前下班，不過我想應該會很晚回家。」

「這樣啊。那我就先睡了，晚飯我會放在冰箱裡。」

「了解。啊，我話先說在前頭，不能因為沒有媽媽盯著，你就天天帶小海回家喔。」

「我、我知道啦，那部分我也打算恢復正常。好啦，比起這些妳趕快出門吧，不然上班會遲到喔。」

「好～」

春假期間我幾乎每天都跟海從早玩到晚，但對於學生本分的課業，我也沒忘記。因為跟女朋友在一起很開心，就疏忽了課業，導致成績退步——一旦演變成這樣，可就慘不忍睹。

好好跟海做些戀人間會做的事情，同時也要好好維持成績，或是更加進步。這就是我當前的目標。

「——欸，真樹。」

「什麼事？什麼東西忘了嗎？」

「上學，開心嗎？」

「咦？嗯～……算……算是開心，吧。」

「呵呵，是嗎？那就好。啊，我剛剛才想到，香菸還留在暖桌上。抱歉，可以幫我拿一下嗎？」

「結果還是有東西忘了嘛。」

我照媽媽說的把香菸盒和百圓打火機扔給她，然後一如往常地送她上班。

平常我不會特別留意，但這樣一看，就覺得媽媽去上班的背影似乎充滿活力。

「好了，我也差不多該換制服了吧。畢竟海也差不多要來接我了。」

穿上大約兩週沒穿的制服白襯衫，繫上領帶。

春假前沒有特別注意，但現在覺得似乎比以前緊繃了些。放假期間也有儘量在運動，所以多半不是胖了……根據海的說法，我的身高似乎也比去年高了些，所以我應該也有確實在成長吧。

穿上才剛拿去洗過，留著些許外出服氣味的制服外套，正準備兩人份的咖啡時，海就照昨天說好的時間抵達了。

「喲。」

「喲。早啊，海。」

「嗯，早啊，真樹。怎麼，我還以為你的頭髮一定亂糟糟，還穿睡衣，沒想到已經打理整齊了嘛。佩服佩服。」

「還好啦。畢竟春假除了打工的日子以外都過得很邋遢啊，實在不能一直這樣。水已經燒開了，喝咖啡可以嗎？」

「嗯。啊，現在是早上，所以我要滿滿的牛奶。」

「好喔。」

距離出發上學還有三十分鐘左右，我們是故意這樣的。

送媽媽出門後，盡可能悠哉地度過兩人獨處的早晨——當新學期開學，我們就只剩週五可以玩到晚上，既然如此，那就有效活用早上上學前的時間，這是我們兩人商量後的決定。

雖然因此必須比以前更早起，但既然能增加與海的相處時間，就沒什麼大不了的。

這樣一來，即使被分配到新班級，只要能和一年級時一樣跟海同班，今天這一天就功德圓滿了。

「海，但願我們可以分在同一班啊。」

「就是啊。我幾乎肯定會被分到升學班，雖然有覺悟和夕他們多半會分開……可是突然只剩自己一個人，實在太寂寞了。」

只從過去定期考試的成績來看，有可能跟海分在同一班的人只有我一個。靠著以我跟海為中心所舉辦的讀書會，天海同學、新田同學與望這三個及格邊緣人的成績都得到了顯著的改善，但仍是從後面數來比較快。

十一班是以考進不好考的私立、國公立大學為目標的升學班，名額約三十人——成績在學年前五名的海肯定會分到那一班，但我的情形就難說了。

「沒問題啦。現在真樹有努力念書這點我最清楚。而且結果也已經以看得見的形式展現出來了，相信老師也一定會推薦你的。」

「是嗎……不過即使分在不同班，也不是說白天都一直見不到面，如果真的變成那樣，到時候我們兩個人再多商量商量吧。」

「嗯。就我們兩個人……對吧？」

「……嗯。」

就這樣，我們一如往常地手牽著手，十指交握，珍惜著出發前的時間打情罵俏。

如果天海同學他們就在眼前聽著我們的對話，想必會說：「你們被分在不同班剛好而已。」……即使如此，我還是想盡可能在相同的時間與空間中，感受彼此的存在。

總之，結果就待數十分鐘後揭曉。

我們按時走出家門，一來到成了高中通學路的外環道大馬路上，就看到比平常多的學生們已經列隊向前走。

這些身穿我們高中純白制服的人，多半就是準備參加入學典禮的新生吧。櫻花花瓣紛紛飄落的道路，遠比三年級生畢業後的那陣子還要熱鬧並充滿了活力。

「——啊，海，還有真樹同學。喂～你們兩個～這邊這邊～」

「喲，笨蛋情侶，好久不見了。過得好嗎？」

在我們兩人你儂我儂的上學途中，遇到了似乎同樣是一起上學的天海同學與新田同學。

即使身邊有這麼多閃閃發光的新生，天海同學的存在感依然出類拔萃。

——喂，那個人有夠漂亮又很可愛。是學姊嗎？

——頭髮的金光好閃亮……眼睛也是藍色，是外國人嗎？

——我選這間學校也許選對了……

大家似乎也都想著大同小異的事，像是新生的學生們（主要是男生）發出這些感嘆。

「……阿夕，還是老樣子啊。我看妳又會忙上一陣子了？」

「啊哈哈……不過我在去年就習慣了。」

「夕，甩掉人的時候說一句『對不起，我不行』就好，如果連這樣都嫌麻煩，直接無視沒問題的。」

「以拒絕為前提嗎……」

看到和去年同樣的情況，我們四人面面相覷，只能苦笑。照這情形看來，多半好一陣子會有很多不會讀空氣的新生跑來表白而心碎。

我們還沒見過有哪個能讓天海同學動心的人。

「對了，阿夕不交個男朋友嗎？只要像朝凪一樣跟某人交往，我想應該可以省去一些麻煩。而且，妳真的都沒有在意的人？」

「嗯～我想想喔～……雖然有我覺得帥氣的人，但又好像不是想談戀愛的那種……好啦，比起這些我們趕快去學校吧？新的分班表應該已經貼出來了。」

「啊，阿夕，等等我……嗚，想在新生裡挖掘後起之秀，得等到入學典禮了嗎？」

「……新奈，自重一點。」

我們四人離開正要參加入學典禮的青澀新生，前往校舍玄關。新的分班表已經貼出來，入口前已經被許多在校生擠得水洩不通。

在分班表上找到自己名字的人們，反應五花八門。有人得以和交情好的朋友同班而露出安心的表情，有女學生因為和要好的團體分開而顯得有些沮喪，還有因為和在意的異性分在同一班而暗自握拳慶幸的男生。

換做是以前的我多半無法理解，但現在每一種心情我都能夠明白。

「嗚～感覺好緊張喔……天神啊，拜託讓我跟海再被分到同一班，拜託拜託拜託～」

「我說啊，夕，神也有辦不到的事情……所以呢，至今為止承蒙妳的照顧了。」

「啊～！雖然我早有覺悟可能會這樣，但是不要說得這麼明白啊～！」

「阿夕，妳跟我還有可能一起。來，我們一起去看吧？」

「嗚～……」

新田同學帶著黏在海身上的天海同學，走向布告欄前方。

海與天海同學之前從國小、國中到高中一年級都一直同班，但看來這樣的緣分，這次將無從延續了。

從搶先一步找到自己名字的兩人表情看來，天海同學和新田同學似乎也被分在不同班。新田同學拚命安慰知道班上沒有海與新田同學，變得十分沮喪的天海同學。

「……我們也去看看吧？」

「嗯……但願可以分在同一班。」

「嗯，真的。」

等前面學生人數漸漸變少，我跟海繼續手牽著手，走向只收成績優異者的二年十一班分班表前方。

海幾乎肯定會分在這一班，但我就很難說了。

我們照座號從上往下一一察看。由於是照五十音來排序，馬上就找到海的名字。

一號　朝凪海

「……這算是不出所料吧。」

「總不可能太離譜啦。再來只要看到真樹的名字就完美了……呃，前原真樹，前原真樹的名字在……」

我們小心翼翼地依序一個一個察看，以免疏漏。

二號、三號——一路看到十號。我姓前原（ＭＡ開頭），所以如果有我的名字，應該會在後半部。

二十號……看到二十五號，還是沒有出現我的名字。

「……三十號，渡邊——這樣好像就是全班了。」

「嗯，沒看到真樹的名字呢。」

「嗯。沒看到呢。」

我們兩人一個不漏地唸出所有人的名字，結果「前原真樹」的名字，並未記載在十一班的名單上。

很遺憾的，「二年級也跟海同班」這個身為二年級的第一個目標沒能達成。

我和成績學年排名前五名的海不一樣，處在分界線邊緣，所以當然早就抱持著可能會這樣的覺悟……但實際發現自己的名字不在裡頭，難免還是會沮喪。

「真樹，在沮喪之前，總之先找找自己的名字吧。而且也有可能是老師們弄錯沒把名字放進去。雖然如果是這樣，那麼老師們也讓人挺火大的。」

「也……也是。呃，那我先看看隔壁班——」

於是我將視線轉往隔壁班十班的名單，結果立刻找到了我的名字。

接著還找到了其他熟悉的名字。

二年十班（導師：八木澤美紀）

一號　天海　夕

……

……

……

二十一號　前原　真樹

「……嘿。」

「痛……我說海同學，可以問妳為什麼突然那個……捏我的肚子嗎？」

「……沒什麼。就是想捏。」

「是、是這樣嗎？」

跟我分在不同班，為什麼卻和夕同班？——這一捏多半就是在為海這種率真的心情發聲吧。雖然怎麼想都是不可抗力，但我還是能夠理解海抱持的這種不舒坦情緒，所以就讓海對我的肚子為所欲為，好讓她發洩一下。

不過會繼續和天海同學同班，讓我挺意外的。

察看完名單後，我們也和天海同學她們會合。

「新奈仔在七班，我是十班，海在十一班……我～不～要～海～我好寂寞喔～」

「真是的。妳的心情我懂，不過你不要黏太緊了。因為我也跟真樹不同班。」

「啊，說來的確是這樣呢。我跟真樹同學同班，所以還算好的……嘻嘻，海，這個，該怎麼說，對不起喔？」

「妳這傢伙在找碴嗎？」

「呀～海欺負我～」

天海同學和好朋友分開，起初還很沮喪，但她天生飛快的調適速度，已經讓她找回平常活潑的笑容。

我也想稍微向她看齊這種正面思考。

……還有點擺脫不了現實帶給我的震撼。

「不過，朝凪和阿夕還是在隔壁班，寂寞的時候三不五時去見個面就好了吧？雖然我只能偶爾過去就是了。」

「咦～？難得都要找，新奈仔也來嘛～一定會很開心的～」

「坦白說我也想這樣啦。可是如果太常顧著跑去別班，在自己班上就會格格不入，這方面得好好平衡才行。」

「嗚……聽妳這麼一說，的確是這樣。」

我也和天海同學一樣，只能同意新田同學的意見。

即使我、海，還有天海同學對這次的分班都各有話想說，新的班級卻已經確定。

繼續珍惜以往的關係也很好，但去適應新的環境與夥伴也很重要……嗎？

這樣一想，這個結果對我來說，可能也不是那麼差。如果不像這樣在物理上跟海分開，我想不管過了多久，很有可能都會繼續過著什麼都依賴海的校園生活。

即使沒有海陪伴在身邊，還是和其他同班同學好好交流，把日子過好——如果不這麼做，那作為海的男朋友就太沒出息了。

「不過既然事情都變成這樣，那也沒有辦法，所以我也會努力看看。雖然海不在身邊很寂寞，但如果覺得寂寞了，隨時都見得到。」

「……真樹，你還好嗎？我不在你會不會寂寞得哭出來？」

「不，再怎麼說我也不是小孩子了……雖然的確無法斷言是挺沒出息啦。不過我會儘量努力看看的。」

這是我第一次用這樣的心情迎來新學年，所以搞不好會忍不住說喪氣話，但到時候再等兩人獨處時讓她安慰我就好。

因為我們在聖誕節的時候就已決定兩人要如此行動。

「……所以呢，海同學？」

「什麼？」

「如果妳差不多願意放開我，我會很開心啦。妳看，我們就快走到新教室前面了。」

「……不要。再一下下。」

抱著我手臂不放的海非常可愛，但上課鈴聲也差不多要響了，所以非得分開。

還有用像是揶揄的眼神看著我們賊笑的天海同學和新田同學，也讓我無法忽視。

總之今天放學後要好好讓海撒嬌撒個夠。

「不過今天的課只上到中午，上完課就我們幾個一起去家庭餐廳吃個午餐吧。雖然也只是猜測，但大家應該也有很多話想說吧。」

「啊，這我也贊成！海跟真樹同學也贊成吧？」

「我是無所謂……真樹這樣可以嗎？」

「嗯。之後我也去邀邀看望。」

「「「…………」」」

「為什麼妳們三個都在這時候沉默了？」

到了二年級，女生們對待望還是很草率。在學校裡明明應該遠比我更有人望和人氣。

「呃，畢竟是關啊。」

「嗯。畢竟是關，對吧，夕？」

「咦！不、不是啦，關同學我當然也沒忘記喔……呃，記得關同學是五班？」

「不，望是四班。」

「……嘻嘻～」

「好友啊，不要傻笑蒙混。」

能夠再次確定我們的關係即使上了二年級也仍然不變，確實令人放心……不過剛剛這段還是別跟望說吧。

雖然我們這群朋友分散在各班令人寂寞，但也差不多該把目光放到新同學們身上才行。

我和天海同學分到的新班級是二年十班，意外地有些一年級時的同班同學。之所以說「似乎」，單純是因為我幾乎不記得同班同學的長相，所以我是看著天海同學身邊的女生們開心地說：「我們又同班了！」進而做出這樣的判斷。

首先我得從記住同班同學的長相和名字做起啊。

放眼望去，班上的男生該說是比較文靜嗎？似乎沒有一年級時班上那些有點頑皮的傢伙。根據為了剛才那件事與望互傳訊息所得到的情報，這些傢伙幾乎都被集中到望所在的四班，由外表凶悍，教保健體育的導師盯著。

相較之下，我的班級倒也還不壞吧。

「啊！嘿嘿，真樹同學～這邊這邊～我們一起聊天吧～」

「……好、好的。」

忽然和天海同學對上眼，她面帶笑容，用力朝我揮手。

這一瞬間，全班（主要還是男生）的目光都集中到了我身上。

——喂，那傢伙，為什麼看起來跟天海同學那麼要好？

——感覺不像是在交往，可是為什麼會和那種傢伙……

我個人是對這個話題愈來愈厭煩，但對於第一次和我與天海同學同班的人們來說，大概會挺驚訝吧。

無論是天海同學的事，還是與女朋友海之間的關係，我都沒打算說，所以我也一如往常把那些當成噪音忽視。

「——來來來，大家差不多該回座位了～第一次班會要開始了～」

對我來說已經是熟面孔的導師八木澤老師，在上課鈴聲響起時站到講台上，二年級的課程終於要開始了。

分到了新的班級，無論是哪一班，最一開始要做的事情——沒錯，就是去年搞得我很慘的「那件事」。

「離入學典禮還有三十分鐘左右，所以我們就趁著這段時間，趕快讓大家做完自我介紹吧。我每次都是抽籤，但是這次沒有時間，所以就照座號的順序……天海同學，第一棒交給妳了。」

「好的，包在我身上～」

自我介紹可以說是一年當中我最怕的事件也不為過，但這次只是簡單說一下自己的名字與一些小小的抱負，所以應該不會弄得像去年那樣出洋相吧。

「——所以接下來這一年，如果能跟大家好好相處，過得開開心心，我會很高興的。所以呢，請大家隨時都可以隨意找我說話喔！」

天海同學以一如往常的狀態自我介紹後，整間教室伴隨著掌聲，籠罩在和樂融融的氣氛當中。

即使過去會多方幫天海同學打圓場的好朋友海不在，天海同學仍是平時的天海同學。

「好的，謝謝妳喔。那麼，接下來是二號的荒江同學——雖說如此……」

多虧了天海同學讓自我介紹順利開始……本來應該是這樣，下一位要自我介紹的人原本應該坐在天海同學身後，但那個座位卻空著沒有人坐。

「不在呢。我沒收到缺席通知……有沒有人跟荒江同學比較熟的？」

「………」

老師如此說道，但眾人都只和班上同學面面相覷，沒有人舉手。

似乎也有幾個人一年級時和那個人同班，但都歪頭納悶。

「也就是說她蹺課？……真是的，我聽主任提過，所以覺得有可能是這樣，但真沒想到第一天她就蹺課啊。」

「咦？老師，我想發問。」

「天海同學請說。」

「謝謝老師。請問荒江同學有那麼不良嗎？」

「嗯～很難說……如果只看成績單也不是那麼差，應該說反而比學年平均要高得多。可是就生活態度來說，該怎麼說……不是太好。」

看來這位同學在老師們之間，被當成某種問題兒童看待。

——座號二號，荒江渚同學。

十班包括我在內的男生們，似乎沒什麼問題，但女生方面似乎就不是這樣了。

忽然想到如果海在場，多半已經露出苦澀的表情。

離在校生也有義務出席的入學典禮已經沒剩多少時間，所以就先跳過荒江同學，繼續自我介紹。

也因荒江同學的事多花了一些時間，自我介紹進行得更簡短。很快進行到十號、二十號，連緊張的空暇都沒有，轉眼間就輪到二十一號的我。

「那麼下一個是前原同學。」

「……是。」

我在老師的點名下起立，班上同學們的身體一齊轉向我。

在此同時，心中猛然湧起先前並未感受到的一種無以言喻的緊張。

教室一片鴉雀無聲，耳裡只聽到我心臟的跳動聲。

「呃……那個。」

「前原同學？怎麼啦？」

「啊，沒有……」

……不妙。該說些什麼，我昨天就已經事先決定，甚至還跟海一起預演過，記憶卻從腦子裡消失得無影無蹤。

說自己的名字，再來就是對新的同班同學說一句話——換算成時間只要短短十幾秒就夠的台詞，但我就是想不起來。

「……我是前原真樹，請大家多多關照。」

「嗯～這自我介紹還真簡單，你只說這些就好嗎？」

「……呃。」

總之我擠出了名字，但當然不是只說這些就好。

我已決定迎來新學年要換個新氣象，以新的心情度過學生生活。

要像海、天海同學、新田同學，還有像望那樣，積極而開心地過日子——為了對新的同班同學，更是對自己說，我和去年以前的「前原真樹」不一樣了。

然而空有心意，話語卻遲遲說不出口。

「……可以的。對不起。」

「嗯。那就輪到下一位喔。」

或許是因為去年的情形，老師似乎也不勉強我。對此固然也有感謝的心情，卻又覺得比去年更靠著老師的同情過關，沒出息到了極點。

我不讓任何人發現，靜靜嘆了一口氣，交棒給坐在後面的同學似的坐到椅子上。

就在這個瞬間，口袋裡的手機一陣震動。

……是海發的訊息。

趁眾人的注意力從我身上移開的空檔，悄悄在桌子底下察看內容。結果——

『（朝凪）　真樹，加油。』

她只發了一句話。

「……那個，老師不好意思。」

我打斷自我介紹的進行，朝老師舉手。

「雖然這是問第二次了，怎麼啦，前原同學？」

「關於自我介紹……不好意思，我有一句話忘了說。」

「原來如此……那麼要重說嗎？」

「麻煩老師了。」

「好。那麼，等大家說完後，就請前原同學為這次的班會壓軸。這樣可以嗎？」

「是。」

提了任性的要求，所以會這樣也沒辦法。

這讓我格外緊張，但不可思議的是腦子卻很冷靜。

即使沒有陪伴在身邊，我的女朋友仍然這麼靠得住。

等所有人自我介紹完，天海同學、老師，還有其他同學都看著我。

說是要特地重講，但我也沒打算說什麼大不了的話，或是能夠讓氣氛變得和樂融融的有趣內容，說起來很不好意思，但只要請大家把這也當成自我介紹的一部分就好了吧。

就當是在讓大家了解，前原真樹就是這麼麻煩的人。

「──那我重說一次。我是前原真樹。接下來要開始在新的環境過日子，坦白說，我滿心不安，可是……還是想要轉變心情，在這個新班級一步步努力，所以還請大家多多關照。我這個人很怕生，可能很少會自己主動找大家說話就是了……還、還有，我喜歡看鯊魚電影之類的片。」

我如此說完，一鞠躬坐回座位上，周遭就響起客套的掌聲。

與帶起的期待相比，我說的話沒什麼重點，但我個人覺得有說出想說的話，舒暢多了。

……目前關於談話技巧，就期待今後的成長。

「好的，謝謝前原同學。那麼，時間正好也到了，我們趕快移動到體育館吧。等典禮結束，今天就解散了，但從明天起就是正常上課，大家不要遲到喔。」

「咦～？美紀老師，這能不能通融一下，至少讓我們放到週末？」

「天海同學，接下來一起努力學業吧？」

「嗚～！」

天海同學故意發出像是大受打擊的聲音，讓班上的氣氛一下子變得和樂融融，到處都發出笑聲。

當我和紅了臉頰，嘻嘻一笑的天海同學對上眼時，她就為了只讓我看到似的，若無其事地對我眨了眨一隻眼睛。

到頭來還是被擔任開心果的天海同學幫助，但我原本就不是萬能的人。

自己有多少斤兩，自己最清楚。所以以後我也不會無謂逞強，就靠著朋友與熟人的幫助，一步一步向前進吧。

在那之後，守護進行順利的一年級新生入學典禮的放學後。

我們這群平時都一起行動的朋友，依約定在附近的家庭餐廳吃午餐，並互相報告今天的狀況。望的社團活動今天也休息，所以五個人久違地全員到齊。

因此我本以為我們會和平常一樣，隨意閒聊之餘，悠哉地度過午餐時間。

但在眾人之中，有唯一一個明顯鼓起臉頰，顯得很不高興的可愛女生。

我說的就是海。

「……唔～」

「好了，海的心情我懂，不過妳也差不多該平復心情了啦。來，我餵妳吃薯條。」

「唔……真樹，可樂也給我。」

「好好好。」

我先勉強安撫身旁鬧彆扭的海，然後才對不知道事情原委的新田同學跟望，說明她不高興的理由。

原因就是入學典禮結束的放學後，海找上我們班導師八木澤老師，想問這次分班的來龍去脈時所發生的事情。

請問為何不把真樹分到升學班？……海沒問得這麼直接，但她想要個能夠接受的理由。

「就算是朝凪同學，這件事我也不能說啊……開玩笑的，我對內情也不是很清楚呢。因為是先決定十一班是升學班，之後再由我們老師討論決定。詳細的資料當然不能給妳看，但就我大略看過的印象，我猜這次多半是把『一整年都在學業上努力的學生』排進去。不過我們高中，導師基本上有裁量權，所以基準還滿不一致的……雖然這點我也覺得過意不去。」

八木澤老師處在教師的立場上，說法比較委婉。但她告訴我們，說穿了這次分班所考慮的，不只是學年末考試當中的排名，而是去年一整年所有定期考試的平均排名與成績。

海的排名從入學時就一直維持在前十名，但我的成績急遽上升，則是在跟海開始變得特別親密的去年秋天至冬天那陣子——在這之前的成績大概都在五十名～一百名之間來來去去，所以平均下來，就會被擠出升學班名額的前三十名。

儘管開始努力的時機晚了些很令人遺憾，然而跟海一起努力的時間並沒有白費。

今年雖差了一步，力有未逮，但高中生活還剩下兩年，為了於升三年級時雪恥，只要繼續努力就好。

八木澤老師在可行範圍內，好好向海解釋清楚。對此無論是海還是我都能接受。

那麼，如果要問為什麼兩人已經這樣好好討論過，海還是罕見地放不下的話……

「——啊，該不會是校外教學之類的？記得我們高中的校外教學，按照慣例都是在一月或二月，所以……委員長，還有朝凪，這樣猜對了吧？」

「答對了。」

「……唔～」

新田同學最先發現海之所以比平常更懊惱，是因為將在二年級第三學期所舉辦的校園生活中最後一個大活動——校外教學。

想在同個班級，而且分在同一組，旅行期間兩個人一直開開心心，不時互相嬉鬧，度過甜蜜的一刻——正因為海已經想到那麼遠，才會為了提升我的成績，甚至比對自己的學業更加盡心盡力。

「你也知道，校外教學基本上不都是團體行動嗎？雖然還是有自由時間，但到頭來也還是小組行動，不能個人擅自行動。畢竟要是出了什麼狀況，就會給別人添很大的麻煩。」

當然，只要尋求眾人協助，即使分處不同班，多半還是能夠製造兩人獨處的情景。但要為了安排這種機會，向帶隊老師報告時說謊或隱瞞，還是讓我覺得不妥。

不想偷偷摸摸，而是光明正大地享受旅行的樂趣，比起分在不同班，還是同班比較好。

「咦？也就是說，不用想也知道，這次我跟海也得分開行動了？虧我們在小學部和國中部都一直在一起，玩得好開心耶。」

「夕，就是這麼一回事。住的房間當然也會不一樣，所以早上妳得自己一個人努力起床才行了。」
「姆，姆嗚～海，妳到時候有沒有可能會破例跑來叫醒我？」
「好友啊，妳該不會以為我會吧？」
「說、說得也是啊～……」
天海同學發現這件事時的表情，漸漸變得跟海一樣。
跟海分在不同班的這個問題，並不只有發生在我身上。
……應該說，反而是她那邊更嚴重。
不限校外教學，還牽扯到今後天海同學想必得一個人努力。無論學校活動，還是跟班上同學的相處——目前第一天是沒問題，但不知道這樣的情形是否會順利持續一整年。
「不過校外教學這件事畢竟還久，就先不說……倒是新田同學，有件事妳知道的話我想問妳一下。」
「喔？委員長竟然找我說話，還真稀奇啊。打工那次以來的第一次？啊，該不會是被那個打工美女學姊霸凌？」
「不，泳未學姊跟平常一樣很和善……不是這個，我想問的是關於一位名叫荒江渚的人的事情。」
「真樹同學！」
天海同學聽見荒江同學的名字，猛然抬頭看向我。

這件事也許輪不到我這個男生來操心，但座位離她很近的天海同學會在意這個問題，所以就想先問清楚，順便作為向大家的報備。

儘管不知道她缺席的理由，但也不和老師聯絡，從新學年第一天就缺席，我自己是覺得不太好。

怎麼想都感覺肯定有些問題。

「啊～荒江仔……原來她分在委員長你們班啊。美紀這下可被塞了個麻煩人物啊。」

「新奈仔，原來妳認識荒江同學啊？該不會是朋友吧？」

「朋友……嗯～很難說……曾經一群人一起出去玩過，所以當時多少也聊過幾句。差不多就是點頭之交吧？前不久……是挺久以前的事了，我有她的照片，要看嗎？」

「嗯，謝啦，新奈仔。」

照片可能是去年學校活動後的慶功宴上拍的，可以看到包括新田同學在內，幾名女學生穿著制服，比出同樣的V字手勢。

「你們看，這邊中央靠左，不是有唯一一個女生沒比出V字手勢還一臉正經嗎？她就是荒江渚。」

包括新田同學在內，其他人在照片中都露出開朗的笑容，只有一位淺色頭髮的女生，頂著一張可以用撲克臉來形容的表情，她似乎就是讓我們班導八木澤老師頭痛的問題學生。

她並未打領帶或領結，從半長頭髮的縫隙間露出的耳朵，戴著銀色小耳環。

先不說小麥色的肌膚，妝似乎也化得很濃，不管怎麼看，全身上下都違反校規。容顏看來是眉清目秀……總之光看這張照片的話，我自己只覺得她帶給人難以親近的印象。

看向手機鏡頭的細長眼睛，也像是發出格外犀利的目光。

「哇啊，荒江同學是個好漂亮的女生喔。身高也比其他女生高，身材看起來也好好……新奈仔，荒江同學國中時代有練什麼運動嗎？」

「誰知道，幾乎沒有人跟荒江仔同一間國中，所以完全沒消息……欸，你知道些什麼嗎？她讀東中的。」

「妳問我我也沒轍啊……如果是東中，棒球隊的學長似乎就是了，但學妹的話應該沒有一一去記。」

這也就表示還是只能等到明天以後她來上學再說。

聽老師說她雖然習慣蹺課，但成績不是太差，所以很想相信她也有正經的一面……不過我也是第一次遇到這種生活態度明顯惡劣的同學，所以還是先從遠處觀望比較保險吧。

「不過只要沒事別去招惹，應該就沒問題吧。她雖然不是沒有交情好的朋友，但在行動方面就像一匹孤狼。正好就像去年的委員長那樣。」

「我比起孤狼，更像是掉隊的草食性動物吧。」

最理想的當然是全班同學都很明理，但既然有這麼多人，也就有可能會遇到感性和自己有一百八十度差異的人。

和說不通的人儘量保持距離，踏進對方地盤的行為要壓至最低限度——用大腦理解並實行這樣的分寸，也是平穩度過校園生活所需的事。

「總之，得多小心這個姓荒江的人是吧。夕，我想妳也懂，不可以第一次見面就把距離縮得太近。遇到這種自我意識似乎比較強的人，跟夕就會特別變得像是水跟油那樣。」

「姆～這點我還是知道的啦。海喔，一直都太把我當小孩子看待了。就算沒有海在，交朋友這點事情我也沒問題的。」

「是嗎？那，接下來每天早上我就不打電話叫妳起床了喔。妳得趁這個機會，什麼事情都靠自己一個人努力才行。」

「這還不可以～！欸，真樹同學～海欺負我～！」

「天海同學……這個，妳加油。」

「啊～！大家，大家都好冷漠喔～！」

天海同學嘆息似的這麼一說，包括我在內的其他所有人都噗嗤一聲笑出來，接著天海同學一樣也笑了。

剛剛一連串的互動，是我們之間平常就會互開的玩笑。即使各自分在不同班級，目前海早上也還是會打電話叫天海同學起床，天海同學也不會覺得大家冷漠。

大家對彼此都有這樣的信任，也正因為如此才能開這種僅存於我們五人之間的玩笑，但也確實會有人與這樣的「調調」不搭。

「不說這個了，海那邊的狀況還好嗎？妳只顧著擔心我是很窩心沒錯，但是我也很擔心海喔。」

「啊～說到這個，記得去年我們班上分到升學班的只有朝凪吧？該不會從第一天就被大家排擠？雖然是很誇張的偏見，但總覺得升學班的人很保守。」

「保守……妳是說像一年級時那樣，只跟自己要好的人來往，跟其他人就幾乎都沒什麼互動？」

「對對，委員長，你以前明明都沒朋友卻很懂嘛。」

正因為除了偷偷觀察人類以外，沒什麼別的事情做，才看得更清楚，但我認為這樣的情形還挺常見。應該說，現在的我們也似乎是如此。

因為現階段就已經夠開心，夠滿足，也就沒必要再改變些什麼——如果升學班的人們幾乎都是這麼想，那麼我們這幾個人裡唯一進升學班的海，可能會格格不入。

……雖然海實在不會這樣吧。

也不知道是不是知曉我的這種擔憂，海對天海同學她們的操心一笑置之。

「嘻嘻，大家似乎都在擔心我，不過很不巧，今天雖然只做了簡單的自我介紹，但大家都是些很合群的學生，我很快就跟大家熟起來了。我們班的女生比例又高，也沒有像夕這樣費事的傢伙，所以很輕鬆。」

「咦～？怎麼這樣，都只有海自己去，太賊了啦～！我也要！我也想進升學班～！」

「那麼接下來可得好好用功才行喔？話先說在前頭，我可一點都沒打算要降低成績。真樹，你說是吧？」

「……我也會努力。」

已經確定我接下來得更加用功，但看來我的擔憂是杞人憂天，讓我先放下了心。

只不過如果海以後會在現在的班上覺得孤獨，到時候不管發生什麼事，我都想讓她撒嬌撒個夠，好好安慰她。

而我沒想到的是，這個時候很快就到了。

大家在家庭餐廳一邊閒聊一邊吃完午餐後，我與海對天海同學他們三人道別，理所當然地轉移陣地到前原家，就我們兩個人繼續玩。雖然今天不是週末或是什麼假日，但我們都已經會為了可以互相打鬧，努力空出早上的三十分鐘這種寶貴的時間，所以當然不可能放過難得只上半天課的這種機會。

「真樹，我肚子餓了，我們吃點東西吧。」

「才剛去過家庭餐廳……也對，我們也沒有好好吃，所以我也覺得不夠。那就吃個洋芋片吧？妳要什麼口味？」

「嗯～鹽味海苔！」

「不錯耶。那我去準備飲料，這邊就交給妳。」

「好喔～」

我打開客廳的電視，轉到平常中午都在播放電影的電視頻道。剛好這台在播早年賣座的動作片，正好適合吃著零食輕鬆看。

我喝一口加入滿滿砂糖和奶精的咖啡，鬆了一口氣。

「呼～……都已經四月了，但天氣還很冷啊。今天我只圍了圍巾來所以腳好冰。」

「畢竟下午還吹起了強風啊……那得趕快溫暖一下才行。」

「就是說啊。為了不讓好可愛好可愛的女朋友著涼，真樹得負起責任讓我暖呼呼的才行……嘿！」

「嗚咿！」

海撲向我的瞬間，立刻把手伸進我的襯衫。

我喜歡被海滑嫩的肌膚撫摸的感覺，但被她這樣出其不意，不免有些嚇一跳。

「啊～真樹的身體隨時都好溫暖喔。」

「喂，不要突然伸手進來啦……啊呼，等等，就叫妳不要搔癢。」

「咿嘻嘻～真樹差不多就是這一帶最怕癢吧。可是這裡最溫暖，所以我就是停不下來呢～看我的，蹭蹭～」

「嗯……真是夠了。」

被她以撫摸般的動作搔著從腋下到側腹的地方，讓我忍不住發出怪聲，但我已經被她牢牢抱入懷中，所以根本無計可施。

這種情形下，會湧起一股想照樣回敬的心情，但我硬是忍了下來。

雖說是男女朋友，但太不客氣地摸女生敏感的肌膚，這實在是非避免不可……當然了，如果問我想不想撫摸她白嫩的肌膚，作為男朋友，我的答案自是不在話下。

我們兩個人就這樣貼在一起好一會兒，交換彼此的體溫，從體內逐漸感到溫暖。

靠暖氣和暖桌取暖也很好，但對我來說，這樣更能讓心靈和身體都有種暖呼呼的感覺，所以我更喜歡。

「海，我們差不多該分開了吧？這個姿勢沒辦法吃點心。」

「嗯～再一下。再一小時。」

「再怎麼說也未免太久了吧……咖啡會涼掉喔。」

「嘻嘻，開玩笑的。不過，可能還想再這樣五分鐘吧。不行嗎？」

「不會，是可以。」

「……謝啦。」

海從我的襯衫中迅速抽出手，接著把臉往我胸口磨蹭著撒嬌。

她發牢騷給天海同學他們聽了，本來應該多少痛快了些，但似乎還沒能完全復活。

這表現出她對於沒能和我分在同一班有多遺憾，所以作為男朋友，我很開心，可是……一直陷在這樣的狀態裡也不好，也希望她差不多該找回活力了。

那麼，我該怎麼跟海開口呢？

「不過，校外教學啊……的確，如果能和海一起去逛各式各樣的地方，應該會很棒吧。畢竟是我學生生活裡，第一次也是最後一次的校外教學。」

「第一次……？咦，真樹，你該不會國中國小的時候都沒參加？是因為沒朋友，去了會無聊？」

「不，再怎麼說也是學校活動，參加是會參加……雖然因為不巧遇到爸爸工作上的需要而搬家，又或者碰巧家裡辦喪事之類的情形，結果是沒參加啦。啊，當然了，雖然我沒朋友，覺得去了反正也會無聊也是事實。大概八成左右？」

「真樹，這種情形一般是叫做『幾乎全部』喔？你要記住喔？」

話說回來，看到班上同學聊著我所不知道的校外教學話題聊得很熱絡，而我打不進他們的圈子，只能獨自在教室角落裝睡。若是俯瞰當時的自己，還是覺得有點後悔。

……旅行，旅行嗎？

「……嗯？等等，這麼說來——」

這個時候，我腦子裡忽然浮現一個想法。

「真樹，怎麼了嗎？」

「啊，沒有，該說是想到了一些點子嗎？」

「嗯？」

我突然這麼說起，海也難免不可思議地歪頭納悶。

然而，如果是這個點子，海聽了是不是也會起勁呢？

「——我說啊，海。」

「嗯。」

「我是想，跟我，就是……去、去旅行，怎麼樣。」

「咦？」

海聽到我的提議，做出張大嘴巴的反應，但當她開始理解我這句話的意圖，先前不怎麼有精神的眼睛迅速恢復了光芒。

「欸，真樹，你說的旅行，當然是只有我們兩個人……沒錯吧？不找夕或新奈他們，就只有我跟真樹。對吧？是這樣吧？」

「算是吧，應該會這樣。」

「不是畢業旅行之類的？」

「嗯，如果可以，希望在今年內……畢竟明年多半就不能這麼悠哉了。」

「這樣啊，說得也是。」

日程要在何時，去哪裡，旅行的費用，最根本的問題是能不能得到雙方家長的許可等等，這些因素全都尚未經過考慮，還只是理想而已，但有了這個點子，無論對海還是對我而言，都會增加對今年的期待吧？

「不過，這主意真好，我覺得非常好。和真樹兩個人去旅行……搞不好，會比對校外教學更期待。」

「這又不免說得太過頭了……校外教學一定也會變成很棒的回憶。」

「就、就是說啊，我可能也太興奮了點。」

然而，海比我意料中更開心，所以對我而言也是令人高興的失算。能夠看到海恨不得推倒我，充滿活力的模樣，我也稍微放下了心。

「要比較多天的連假，四月底就有黃金週，可是……這再怎麼說也太趕了，所以我們就先偷偷進行，看暑假以後能不能成行吧。對爸媽還有天海同學他們，就先保密。」

「嗯。只有我們兩個人知道，對吧？」

我們順著當下的氣氛做了決定，但有這樣的目標，對接下來的課業和打工，應該也會比較有幹勁。

只有我們兩人的旅行，最大的難關就是雙方的家長會不會准許……但我覺得為此該做的，就是努力做好現在我們能做的事情。

因為想兩個人去旅行，不受任何人打擾，盡情打情罵俏。如果知道我們是為了這種非常不純正的理由而努力，雙方家長和朋友們多半——不，是絕對會傻眼，不過我跟海就是這樣一對情侶，所以也沒辦法。

「……我又再一次體認到，我們真的有事沒事都很笨蛋情侶啊。」

「啊哈哈，就是啊。雖然學業成績很好，但戀愛方面幾乎都是笨蛋啊。」

然而，我最喜歡的就是這麼說著並露出滿面笑容的海。

「啊，海，妳牙齒沾到海苔了。」

「咦？哪……哪裡哪裡？討厭啦，這樣不是毀了我寶貴的笑容嗎……真是的，真樹笨蛋。壞心眼。我討厭你。」

「妳翻臉也未免翻得太快了吧。」

……不過害羞臉紅的海，我也不討厭就是了。

到頭來，只要海有精神，我似乎怎樣都好。

2. 荒江渚這名少女

迎來新學年，我跟海也有了一番新氣象的翌日，一如往常的日常生活開始了。

早晨，我努力讓還無法完全擺脫春假感覺的身體醒來，前往學校。

多虧總算漸漸變暖的春日暖陽，加上身邊有著女朋友海，還有在上學途中會合的天海同學與新田同學等幾位朋友在，讓我勉強不至於心情鬱悶。但這樣一想，去年這個時候的我，到底是以什麼樣的精神狀態撐過假期的結束呢？

「新奈，那我們午休時間再見嘍。」

「好喔～朝凪也是，妳在升學班的課業大概很吃力，不過要加油喔。」

「真樹，那我走了。偶爾也來我們班露個臉吧，我會歡迎你的。」

「嗯。這就到時候再說了。」

我們在樓梯口換上室內鞋後，跟要前往不同樓層的新田同學與望暫時道別。

由於空間上的安排，新田同學與望所在的班級，跟我與天海同學的十班，以及海分到的十一班，教室分在不同樓層，所以除了午休時間以外，多半沒有機會去新田同學與望的班上打擾。

「啊，對了。真樹，我話還是先說在前面，就算沒有我盯著，也不可以太懶惰喔。不要被某人影響，上課中打瞌睡。」

「噗～都升上二年級了，我會正經醒著上課啦……除了數學、古文，還有物理跟倫理課以外。」

「天海同學，聽說這種情形一般叫做『幾乎全部』喔。」

我自己固然也要注意，但我也得更小心盯著天海同學。

即使海這麼多加叮嚀，不時還會彈她額頭或輕輕戳她腦袋，但她對於自己不感興趣的科目，往往都是一堂課上到後面就已經在打盹了。

附帶一提，今天的課表……第一堂是英語所以還算好，第二堂是數學Ⅱ，第三堂是化學，第四堂是體育，午休時間過後的第五堂則是古文。

……原來如此，這課表怎麼想都覺得她很難撐過。

海也悄悄拜託我說：「夕還是要請你多關照。」然後我就跟在先走一步的天海同學身後，進了教室。

「好了，雖然我說接下來要積極和大家交流，不過……」

我是打算要遵照自我介紹時的宣言，以後要盡可能自己率先進行交流，但坐到自己座位上放眼望去，狀況似乎並不樂觀。

分到新的班級還只是第二天，但幾乎所有小圈子都差不多已經固定下來。有的是一年級時同班的學生，再不然就是以前待同一個社團的成員。

整個班上，唯一稱得上朋友的人就是天海同學……但天海同學一坐到自己的座位上之後，立刻被女生圈子的幾個人圍住，開心地互相寒暄。

……一個男生要闖進那個圈子，我真有點辦不到。雖然即使闖進去，天海同學會毫無問題會歡迎我，但周遭的女生們就不是這樣了。

「咦！嘻嘻，真樹同學～」

天海同學注意到我的視線，朝我微微揮手回應。我和唯一的男性朋友望分在不同班，她多半是在關心現階段只能獨自靜靜準備上課的我，但每次都有男生帶著嫉妒的視線刺向我。

不過目前似乎還是安分點，等著一頭熱的衝勁冷靜下來比較好。太心急而弄得白忙一場也沒好事，而且往後多的是加深交流的機會。

直到去年我還是澈底沒動力，連參加的意思都沒有，在班上的角落化為空氣，但從四月起，學校活動也說得上是琳瑯滿目。

『（前原）海。』

『（朝凪）咦？什麼事？』

『（前原）現在方便嗎？』

『（朝凪）好像不行又好像可以但還是不至於不會不是不好。』

『（前原）喂。』

『（朝凪）嘻嘻。』

『（朝凪）可以的～』

當鐘聲響起，早上的班會開始，我利用自己座位靠後不容易引人矚目的優勢，跟海進行早上的對話。我們分在不同班，放眼望去，整間教室裡都沒有海的身影，坦白說讓我很寂寞。但即使只是這樣互傳訊息，都能讓我對海現在臉上有著什麼表情瞭若指掌。

無論我還是海，應該都拚命在用手遮住嘴，免得被人發現嘴角上揚。

「──好的，今天的聯絡事項就是以上這些。那麼，我們休息五分鐘後，馬上就開始上第一堂課……」

老師點完名，接著將自己的負責科目──英語的教科書放在講台上的瞬間，門被人用力打開。

「…………」

有著微捲的亮色頭髮，制服穿得鬆垮的女同學默默走進教室。

也就是荒江渚本人。

「荒江同學。」

「是？啥事？」

「妳是不是該對我和班上的同學說些什麼？應該有吧？」

「啊～……對不起，我身體不舒服，所以遲到了。」

她一瞬間抖了一下，接著將嘴唇拗成ㄟ字形後，朝老師微微鞠躬。

「是嗎。可是既然會遲到，事先就要確實聯絡。昨天也是一樣，如果什麼聯絡都沒收到，老師不免會擔心。」

「昨天我也以為我聯絡了。但我發高燒，意識朦朧，似乎打到別的地方去了。對不起，以後我會小心……這樣可以嗎？」

「……沒辦法。既然知道，就趕快回位子上。靠窗最後面的位子。還有，制服的領帶或領結要好好繫上。」

「對不起，領帶今天忘了。啊，領結也是。」

「…………從明天起，絕對不要忘記。」

「好，知道了～」

八木澤老師表情苦澀，荒江同學則彷彿只當耳邊風，重重坐到昨天剛分配的位子上。

先前和樂融融的教室裡，頓時一片鴉雀無聲。

我想包括我在內，幾乎全班同學的意識都集中在荒江同學身上，但大家的臉都正對黑板，甚至顯得不自然。

感覺她就是有著這麼讓人覺得難以親近的氛圍。

「那麼我們回來翻開課本第三頁……荒江同學，妳可以為大家唸嗎？」

「我昨天請假，所以不只是英語，所有科目的教科書我都沒有耶。」

「老師就是要妳跟附近的同學借。就算沒有教科書，老師還是要妳好好上課。」

「……啊～是這麼回事啊。」

荒江同學嘴角又微微一動。

……我看了出來，那肯定是在咂嘴。還有，她絕對小聲唸了一句「煩」。

新學期第二天，就對好歹也是導師的人擺出這種叛逆的態度。

因為老師吩咐，荒江同學一副無奈的模樣，視線往坐在自己周遭的人們身上掃過一圈，

但當然了，運氣不好坐在隔壁的同學們都不正眼看她。看在旁人眼裡，也許會覺得大家這樣的態度很冷漠，但即使我處在同樣的立場，哪怕不至於堅決不借她看，但心中多半也會盼望別被她盯上。

荒江同學立刻感受到這個情形，小聲嘆了一口氣。

「……老師，似乎沒有人願意借我看，我看還是找別人——」

「——有！」

然而她一句話尚未說完，就看到天海同學一頭漂亮的金髮飄動，直直舉起手。

這種時候，天海同學總是會做出很有「天海夕」風格的舉動。

「老師，如果不介意，我的課本可以借給荒江同學看喔？雖然座位有點距離。」

「如果天海同學不介意……可是，這樣天海同學會沒有課本看。」

「我也會請附近的同學借我看，所以沒問題……啊，我問都沒問就自作主張了。」

——不會的，別放在心上。

——天海同學，跟我把桌子併在一起吧。

——如果有什麼不懂的地方，儘管問沒關係。

彷彿在強調是天海同學就沒關係，坐在她周圍的女生們都立刻幫她緩頰。

考慮到天海同學平常的待人處事，大家對待她的反應當然會不同於對荒江同學，但我個人則有些五味雜陳。雖然這是荒江同學自己灑下的種子，但她今後在班上漸漸被孤立的可能性很高。

然而，荒江同學為什麼在第一天上課，就做出這種事情呢？

任性妄為就會招致這樣的結果，這種事情只要正常上學，應該都會知道。

例如和交情好的朋友分在不同班所以不能接受……不，到了這個時候，還為了這種像是國小生的理由而不滿，找上老師做出類似抗議舉動的，大概也就只有我跟海了。

……哎呀，我們做出的事情也太難為情了吧。

雖然八木澤老師笑著原諒了我們，還以看好戲似的眼神，拍了拍我們兩人的肩膀說：

「你們真的好青春啊～」

「所以呢，來，荒江同學。在妳的教科書拿齊以前，都可以暫時借妳看喔？」

天海同學不因為對方難相處，就以不同於對其他同學的方式對待她，以一如往常的開朗笑容遞出教科書。

「……謝了。」

荒江同學似乎無意再鬧出更多麻煩，乖乖收下了天海同學遞給她的英語教科書。

或許是天海同學的笑容實在太燦爛，直到最後，荒江同學那雙深棕色的眼眸一次都不曾直視她。

結束許久沒上而覺得特別漫長的上午課堂，總算等到午休時間。

我們依照早上的約定，和分在別班的海、新田同學與望會合後，來到老地方度過短暫的休憩。

至於聊些什麼，還是會聊到今天早上第一堂課時的荒江同學。

也因為昨天從新田同學口中多少得到了情報，做好了心理準備（？），不至於到那麼傻眼……但百聞不如一見這句話說得好，看了還是挺令人吃驚。

「哇，荒江仔，一開始就這麼嗆喔……我們班也挺吵的，真要說來還是比搞得鴉雀無聲要好得多了。」

「欸，新奈仔，荒江同學她從一年級的時候就是那樣嗎？該怎麼說呢，有種誰跟她對看到，她就都要撲上去咬的感覺。」

「嗯～聽說是偶爾會因為身體不舒服而蹺課，或是露骨地避開合不來的老師……但她之前有做到那個地步嗎？」

荒江同學在第一堂課是那個樣子，不過等到班導八木澤老師上的英文課結束後，就變得安分……應該說一直趴在桌上睡覺。即使偶爾醒來，也是在上課要用的講義發到她那裡，瞪著坐他前面的男生，無謂地讓人害怕……至少很難說是正經在上課。

「不管怎麼說，這樣一來，你們也就對那個叫荒江的女生有點了解了吧。夕，如果只是借她教科書，今後繼續借也沒關係，但妳得小心，不要更深入她的生活。雖然我也沒有根據，但我怎麼想都覺得妳和荒江同學很合不來。」

關於這件事，我贊成海的意見。

看著荒江同學，坦白說，真有那麼一點像是看著以前那個彆扭到反常的我自己。

然而，也正因為多少有些相似的部分，我才更加了解。

我跟她成了同班同學還只是第二天，所以也不能確定。

但天海同學與荒江同學，比起所謂光與影，給人的印象就像是水與油。

不是正好相反，單純只是合不來。

然而聽了好朋友忠告的天海同學，似乎有著不一樣的印象。

「既然海這麼堅持，以後我也會小心啦……可是，嗯～……」

「……怎麼？妳該不會還在掛念那個叫荒江的女生？明明是個跟夕借了教科書，卻連一聲謝謝都不會好好說的人。」

「啊、啊哈哈……這點連我也嚇了一跳，而且現在心裡也還有些不舒坦啦。可是，我就是沒辦法覺得『我討厭這個人！』。」

「是嗎？不過這次的事情，我畢竟只是個局外人，這一點也只能交給跟她同班的夕來判斷了……」

天海同學似乎也顯得不解，不過看樣子不像我或海這樣，某種程度上先決定了今後跟她來往的方式，而是打算再觀望一陣子。

天海同學的這個想法沒有錯，而且既然她這麼想，我也沒有什麼要說的，想尊重她的想法，可是……總覺得這樣又令我有種不祥的預感。

水與油。

但願不會兩者都變得太燙，結果搞出大爆炸……若是情勢發展成這樣，也許由我、海，還有認識荒江同學的新田同學幫忙打打圓場比較好。

「不過啊，真樹跟天海同學的十班，這可弄得很麻煩了啊。離班際比賽都已經沒有多少時間了。」

「「「…………」」」

「咦？為……為什麼你們四個都突然盯著我看？我一句奇怪的話都沒說吧？」

「這……是不用擔心啦。」

「嗯。真樹同學說得沒錯，關同學很正常喔？對吧，海？」

「算是啦……不過還是會覺得需要在這種時候特地提起嗎？」

「關，你多少讀一下空氣吧。」

「我好歹也是讀了空氣，想改變話題，才提了班際比賽這件事耶！」

望會擔心這件事也是極其合理，但荒江同學的問題都還沒個頭緒的情勢下，要談不久的將來，多少會讓人腦子發脹。

男生直接跟荒江同學扯上關係的可能性低所以沒有問題，對於同為女生的天海同學來說，就很難迴避這個問題吧。

天海同學基本上無論什麼事情，要做就會認真做，至於荒江同學眼前對所有事情都表現出消極的態度。

雖然多半還要一陣子，才會發表比賽項目與討論參賽成員等事項……但願我剛剛不祥的預感不要猜中。

班際比賽，目的在於促進未來一年要共同度過的新同學之間的交流，在我們高中，慣例都在四月底的黃金週前舉辦。

關於比賽項目每年都有微妙的改變，但基本上幾乎都是比排球、足球、壘球、籃球等團體競賽。

每年都辦，而且一定要參加一種以上的競賽，這也就表示……

……怪了，去年的我應該也有參加，但不可思議的是我莫名地幾乎沒留下任何當時的記憶。唯一記得的就是我待在角落，幾乎完全沒參加比賽，就只是呆呆站著。

我把這件事告訴海，結果她莫名地默默彈了我額頭，這又是另一個故事了。

今天就是要決定這班際比賽成員的日子。

「呃，關於今年的班際比賽，男生比壘球，女生比籃球，還有男女共同的六人制排球。我們班的男女生人數都剛剛好，所以每個人一定要參加一種比賽。」

八木澤老師發下來的講義上，記載了班際比賽的概要資訊。

無論哪一種競賽，都會分為幾個小組來進行循環賽，各小組中留下第一名成績的隊伍，進入淘汰賽爭奪冠軍。

各學年都有不少比賽要打，所以班際比賽預計將從早上進行到傍晚，涵蓋到剛好要放學的時間，對我個人來說是相當久的長期抗戰。

「決定了想出場的比賽種類後，就各自把名字寫在黑板上。名額滿了就定案，所以先搶先贏喔～」

老師在黑板上粗略地寫下「男子排球、男子壘球」、「女子籃球A、B　女子排球」等字樣後，走到教室角落。

看來之後就要交給學生自主決定。

「……排球，還有壘球。」

我交互看著黑板上寫著的兩個項目，再度將視線落到手中的講義上。

都這個時候了，我就坦白說吧。

對我來說，參加哪一種都無所謂。

當然，我的意思是無論參加哪一種，我都不會成為什麼戰力。既然參加，我會盡力去打，而且也會追求奪冠，但要說這樣是否就能提升比賽的表現，那又是另一回事。

我有繼續跟海一起運動，和去年相比，體型似乎也感覺得出多少有些改變，但怎麼說都稱不上是運動神經好，所以參加要用到球或器具的競賽會如何，結果不言而喻。

我暗自心想，像我這麼消極的「哪一種都無所謂」也相當罕見吧，結果就像算準了時機，口袋裡的手機震動起來。

『（朝凪）真樹要選哪一種？』

『（前原）盡可能不累的。』

『（朝凪）喂。』

『（前原）對不起。』

『（前原）不過，畢竟我兩種都不曾好好打過。』

『（朝凪）兩種不都在體育課上過嗎？當時情形怎麼樣？』

『（朝凪）先從排球說起。』

『（前原）我想舉球，結果失敗，手指有點吃蘿蔔。』

『（朝凪）……壘球。』

『（前原）守外野的時候我想接住飛來的高飛球，做出奇怪的動作去接，結果運氣不好，手指吃蘿蔔。』

『（朝凪）真樹，你的指骨要不要緊？有沒有往奇怪的方向彎曲或僵硬？』

『（前原）兩次我都在保健室接受了簡易治療，情形都很輕微，所以不要緊。』

『（前原）應該是。』

『（朝凪）喂，不要若無其事地讓女朋友感到不安。』

『（朝凪）不過先不說這些，這選擇的確令人煩惱啊。』

『（朝凪）而且不管參加哪一種，感覺都要擔心你會不會受傷。』

『（前原）不……不要說這種奇怪的話。』

但話說回來，如果用半吊子的心情參加，感覺這些伏筆就會成真，這也是肯定的。

壘球雖然在輪到自己出場前，某種程度上比較輕鬆，但可能發生自打球或觸身球等情形，就競賽性質而言，外行人受傷的風險很高。

排球則只用到球，但要隨時動腦筋也動身體，殺球時又會有很強的球朝自己飛來。

『（前原）目前我打算選排球看看。』

『（前原）雖然感覺會很辛苦，但至少大概比壘球不危險。』

『（朝凪）兩種都是只要好好練習，基本上都不用擔心啦。』

『（朝凪）不過只要接下來好好練習到正式比賽為止，就沒問題了吧。』

『（朝凪）我要參加籃球，不過我會好好陪你的。』

『（前原）咦？體育課不是男女生分開上嗎……』

『（朝凪）嗯。對啊。』

『（朝凪）所以，我是說我們一起自主練習。』

『（前原）啊～是啊。』

『（朝凪）你要好好學會基本技術，免得受傷喔？』

『（前原）啊，好的。』

無論學業還是運動，海一旦站在指導方的立場，就會擺出體育性社團的調調，所以接下來到班際比賽正式開始的這兩三週，我的身體多半會很勞累。

這想必也是我直到去年都沒好好運動而欠下的債吧。

總之項目已經決定，所以我站起來，準備把自己的名字寫到黑板上。

「喔？真樹同學，你該不會是決定了？」

「是。我想選排球看看……」

「哎呀太遺憾了！難得你提起幹勁，實在不好意思，但剛才名額已被志願者填滿了。」

「咦？」

一看黑板，發現只有男子排球的項目，六個人的名額都已經寫上名字。

就如老師先前所說，這次的成員不是用抽籤決定，是先搶先贏——

也就是跟海傳訊息傳得太開心，讓我忍不住花了很多時間，結果很多事情就在那個空檔定案了。

「是這樣嗎……那就沒有辦法了呢。」

「對不起喔。啊，還是可以把名字寫上去作為候補，你要怎麼做？」

「……不。既然這樣，我就選壘球。」

這也是因為班上的男生人數是十五人，非常緊繃，如果兩種項目都要參加，考慮到我體力上的問題，很可能打到一半就累癱。這種時候還是不要勉強，乖乖只選一種來專心參加會比較好吧。

於是我就把自己的名字，寫在還沒有任何人登記的壘球項目上，回到座位。

『（前原）　抱歉，還是變成壘球了。』

『（前原）　似乎是志願者很多，一下子就定案了。』

『（朝凪）　啊哈哈。畢竟是真樹嘛，我剛剛就有點想到，搞不好事情會這樣發展。』

『（朝凪）　那麼馬上就先來個一千次接球練習吧。』

『（前原）　是不是多了一位數啊……』

『（朝凪）　呵呵。不過我們家總沒有棒球球具，所以就去拜託關，請他有空的時候陪練吧。如果不行，去打擊場練習揮棒就好。』

『（朝凪）　還可以順便約會，對吧？』

『（前原）　……也是，這樣也是不錯啦。』

於是我們立刻敲定了今後練習（兼約會）的行程，然後重新把手機收進口袋裡。

我的確很喜歡跟海開心地傳訊息，但凡事都要避免太過火。

好了，男生這邊，除了各項目的候補成員以外都已經確定，就只剩下女生，不知道這邊又是什麼情形。

「好的～排球、籃球，兩邊都還有空缺，所以大家決定了就來寫名字喔。如果有人希望跟哪個女生待在同一隊之類的，麻煩先找天海洽詢～」

女生這邊似乎和男生不一樣，要透過討論決定，所以就由天海同學負責統合，女生的幾個小圈子圍住了講桌。八木澤老師似乎也認為既然交由學生自主決定，也就不打算插嘴。

雖然不是正式定案，但天海同學的名字目前是在籃球這邊。隊友是從一年級時就相對常交談的幾個女生。籃球會分為兩隊，所以想來多半是在討論誰要跟誰同隊之類的事情。

不過海和天海同學都不怎麼煩惱，就選了籃球嗎？

她們兩人對運動應該都很在行，所以無論參加哪一種項目，應該都能作為全隊的核心而活躍，不過……搞不好對籃球多少有些經驗？

雖然我不曾聽她們兩人說過國中時代參加什麼社團。

我正發呆想著這樣的事情，以天海同學為中心的女生們之間的討論仍在順利進行。

「這邊把兩個三人組都放進去……好，這樣一來，排球就定案了。再來就是籃球的A、B兩隊，這邊還是要──」

一年級的時候，這樣的事情都是由海負責，但我認為目前天海同學也毫無問題地擔任好了領袖的角色。平常她都在海身邊負責炒熱氣氛，但該看的地方還是都有好好看著。

這種統整每個人的要求，然後逐一搭配的做法，讓我在她身上看見了去年海的身影。

由我說得洋洋得意也不太對，不過天海同學果然有一套。

天海同學一副身兼兩隊也來者不拒的模樣，在排球候補隊員的名額中也寫上了自己的名字，再來就剩下籃球A、B兩隊的分配，然而……

……這時有個人始終坐在座位上，絲毫不為所動，百無聊賴地看著窗外。

全班多半內心都覺得「想來也是啦」，這個人就是荒江同學。

「呃……荒江同學，現在只剩荒江同學一個人了，如果妳沒有特別的要求，我就把妳的名字寫在籃球那邊……這樣可以嗎？」

「……那我就不參加了。我懶得搞這些。」

「咦咦，不……不可以這樣啦。畢竟班際比賽要全員參加，而且難得有這樣的比賽，我們一起努力吧。好不好？一定會很開心的。」

「不，有我這樣的人在，絕對會搞得很掃興。」

「怎麼會？我完全沒這麼……」

「妳也許不這麼想，可是……例如妳看旁邊那幾個女生的臉，妳好好看清楚？」

「……咦？」

荒江同學先說了一句「真要說的話啦」然後直指天海同學，她兩旁的女生們就露出不知所措的表情。

看來她們是否認，但荒江同學似乎很確定。

「雖然妳們現在若無其事擺出一臉『沒有這種事』的表情，但是我對這種東西看得很清楚。雖然我早就隱約覺得會這樣了。」

畢竟天海同學在場，她們並未做出露骨的抗拒反應，但內心多半希望盡可能不要和荒江同學扯上關係。

也是啦，畢竟她從新學年第一天到現在這一刻都任性妄為，會被重視班上氣氛的人們疏遠，或是在背地裡說三道四，也可以說是理所當然。

「事情就是這樣，所以與其把我放到哪個隊裡引發爭吵，還不如追加兩邊都參加的人，或是多準備一些候補，還比較有建設性吧。而且就算把我放進成員裡，我偏偏在這種時候『身體不舒服而缺席』的可能性也很高。」

「妳……」

她這是在暗示既然反正她都會蹺掉，所以從一開始就別把她算進去嗎？這種說法連我聽了都受不了。

無故缺席上課，終究只是她自己的損失，但換成班際比賽，就會給隊友乃至於全班都添麻煩，所以如果她剛剛那句話不是開玩笑，而是說真的，那麼這再怎麼說也太惡劣了吧？

連天海同學也啞口無言。

本來應該是要利用上完課之後的短暫班會時間迅速決定出場成員，但不知不覺間，已經過了三十分鐘左右，多半也在決定成員的其他班級，已經有學生開始離校。

我忽然將視線轉向走廊一看，就看到海與新田同學兩個人似乎在等我們，隔得遠遠朝教室裡窺看。

「……呼，這麼一來就沒辦法了吧。」

全班的不耐煩眼看就要進入不妙的狀態，老師慢慢從角落的椅子上站起，在「女子籃球A」欄位，寫上荒江同學的名字。

「……老師，我沒決定要參加那邊。」

「不行，時間到了。還有，如果妳真的身體不舒服要請假那也沒有辦法，但到時候我會聯絡妳爸媽問個清楚。」

「……我爸媽都是從一大早就忙著工作耶，而且他們都是在外面工作。」

「很抱歉，我這麼做也是在盡我的職責。既然家長把孩子交給我這個導師，有什麼狀況我也會擔心。不是只有妳，我對全班同學都一樣。」

「……那就請老師隨意。」

大概是被提到爸媽實在難以繼續抗辯，她一副投降的模樣，無力地靠到椅背上。

「天海同學，不好意思，目前可以先請妳這樣進行下去嗎？關於自主練習是沒辦法勉強，但在上課這方面，我也會去拜託體育老師，請她好好參加練習。」

「啊，好的。我完全沒問題……大家也覺得這樣可以吧？」

繼續爭下去也沒完沒了，於是天海同學與成了她隊友的A隊其他三人，這個時候也只能點頭。

雖然結果讓人很不是滋味，但目前也只能這麼辦，開始為正式比賽努力練習。

目前還不確定真假，但聽說如果在班際比賽中得到好成績，不只是保健體育這一科會得到比較好的評分，內申分數也會得到相當大的加分，所以每年往往都會展開白熱化的激戰（來自海、天海同學的情報。我自己是不記得）。

縱然擔心天海同學，但首先得顧好自己。

我自認比去年努力，但也還不能說已經融入這個班級。

變得很長的放學班會結束，班上同學們一起為了離校或參加社團而走出教室。他們前腳剛走，一臉擔心的海和新田同學就走進教室。

「真樹。」

「海……抱歉，拖得有點久。」

「這不是真樹的錯，所以別放在心上……更重要的是，總覺得這麼快就已經烏雲密布了呢。」

「委員長，來，用你天生不會讀空氣的能力來想想辦法。那樣下去我們根本沒辦法靠近阿夕。」

「可……可以請妳不要強人所難嗎……」

目前留在我們班教室裡的，除了海和新田同學這些別班的人以外，還有幾個人。

幾乎全都是剛剛才決定的女子籃球隊隊員。

都是從一年級就分在同一班，是彼此之間很要好的小團體。

而處在她們中心的天海同學，現在正站在荒江同學的座位前面。

「……做什麼？我都要回去了。」

「對不起，荒江同學。可是難得我們分在同一隊，如果不介意，我想跟妳聊聊……不行嗎？」

「不行。而且妳站在那裡很礙事。」

「姆……唔。」

天海同學以一如往常的開朗氛圍找她說話，卻被她很乾脆地拍掉手。

看來這下子連天海同學也難免不高興，臉頰明顯鼓起。同時，跟在天海同學身後的女生們也狠狠瞪著她。

「……懶得理妳們，連正面吵架的膽子都沒有。」

荒江同學喃喃說完，揹起書包慢慢走出了教室。

（真樹，我去去就回。新奈也來。）

（這就不免讓我都有點同情阿夕了。）

問題人物離開後，海與新田同學立刻去幫天海同學緩頰，但緊接著……

天海同學往荒江同學身後追了過去。

「──荒江同學！等一下！」

「……還有什麼事？」

「有一句話，我說什麼也想說。等我說完就不會再給妳添麻煩。所以，求求妳。」

「…………」

面對天海同學的請求，不說「好」也不說「不好」，不過既然停下了腳步，所以多半是願意聽聽吧。

天海同學跟我做出一樣的判斷後，一如往常以最棒的微笑開口說：

「班際比賽，我們一起加油喔，荒江同學。」

「…………」

荒江同學彷彿完全對天海同學這句話置若罔聞，快步離開了走廊，但至少她應該已經感受到了現階段天海同學的心意。

天海同學是真心期待和荒江同學在同一個隊伍裡打球，而且多半也想和她一步步培養感情。

天海同學絕對不是會在這種時候說謊的人。

她說了想說的話，似乎暢快了些，目送荒江同學離開後，以爽朗的表情回到我們身邊。

「久等了……嘻嘻，好像被你們看到見笑的場面了。」

「夕，妳真的不要緊嗎？只從外面聽，就覺得她過分得我都要有點生氣了。」

「啊哈哈……我果然好像被討厭了。欸，真樹同學，我在自我介紹的時候，說了什麼會讓人不高興的話嗎？」

「不，我覺得天海同學沒有任何問題。」

如果因為那樣而被討厭，那就只能說是她們兩個合不來了。她明明也有著想讓班上的氣氛儘量融洽些的考量，卻被講一句「煩」，這已經接近是硬要找碴了。

「不過，荒江仔那個樣子，整個球隊要團結可能有點難啊。雖然就算只有阿夕一個人，只要搭配的隊友適合，多半也還有辦法應付。那個人似乎對運動也挺在行。」

「這樣啊。那麼只要我和荒江同學默契好，要奪冠可能也不是夢想了。」

「不，我想新田同學說這話，不是這個意思……」

雖然也可以這樣解釋，但這未免太正向思考了。反過來說，搭得不好也可能會全敗。何況連她們兩人的關係會不會變好，現在還說不準。

然後最重要的還是……

「夕，我話先說在前面，就算碰上我們隊，我也完全不會手下留情。我們隊雖然是升學班，但大家還挺賣力的。」

「……嗯，那當然，正合我意。」

「來一場公平對決，是吧。」

「就是啊！」

剛剛才說到搭配隊友，但我個人最矚目的點又是另一件事。

海所率領的十一班隊，和天海同學率領的十班隊——以往一直同班，站在同一邊的兩個人，這次也許會以對手的立場對戰。

包括候補隊員在內，出場成員全部定案後，就由各班的導師抽籤決定對戰場次，也決定了正式比賽會對上的隊伍。

首先我出賽的壘球隊，是和四班與八班對戰。四班有著包括望在內的許多運動性社團成員，而且附帶一提，望也理所當然地參加壘球隊。

似乎有些高中為了避免實力差距太大，會要求學生參加與自己社團活動內容不同的競技項目……但我們學校不存在這樣的規則，所以他們應該會滿心把目標放在奪冠。

目前，我打算小組賽的兩場都要認真打，而且無論被領先多少分，都會不氣餒地努力。不過如果真打成那樣，對方應該也多少會手下留情。

我這邊就不說，問題是在女生。

如果對上就要認真對決——海跟天海同學是這麼約定啦。

・女子籃球　循環賽第一小組

①四班隊（四班由於女生人數不足，只組一隊）

②七班Ｂ隊

③十班Ａ隊

④十一班Ａ隊

結果在預賽的循環賽上，就要實現這場對戰。順便說一下，七班Ｂ隊還有新田同學參加

（這是我後來聽海說的），但這邊不怎麼重要。

另外還有一個問題讓我煩惱。

「——欸，真樹，以防萬一，我姑且問問，雖然我是覺得不會。」

「也不用這麼小心翼翼地加上一堆前提……當然了，週六週日我會盡可能奉陪。打工方面也是，我已經拜託店長，在這段期間把我的班排在平日。」

「嘿嘿，太棒啦。這樣一來，六日就可以一整天都跟真樹一起……呃，密集練習？」

「也是啦，嗯。」

雖然休息時間也許多少會做些別的事情，不過這就先不說了。

首先關於練習，我們分別參加壘球和籃球，出場的項目就不同，但無論我還是海，都會陪彼此練習。畢竟比起獨自默默訓練，這樣多半更能維持動力，而且以我的情形來說，如果只有自己一個人，無論如何都會懶散下來。

「我順便問問，籃球妳打算在哪練習？畢竟學校的體育館，假日基本上都不開。啊，難不成是要去天海同學那邊？記得她家庭院有籃球場。」

「不是。每週都去太給夕和阿姨添麻煩了，而且我跟夕在班際比賽結束前，互相可是對手，我不打算一起練習。」

自從確定要對戰後，海跟天海同學就一直這樣火花四射。雖然這多半表示她們就是如此期待第一次對戰，但這樣一來，就得面對練習場地要怎麼辦的問題。

如果只是跑步，可以去附近的公園或河邊，所以沒問題，但如果想練投籃、傳球，還有團隊合作，應該還是要有像樣的球場比較好吧。

「不用擔心，這些我也都有安排。『那邊』似乎也有自己的安排，所以要每週都練似乎會有困難，但對方說願意儘量給予協助。」

「嗯？既然有管道，我是在哪都無所謂啦……」

聽她的口氣，似乎除了我以外，還有好幾個成員。

……眼前就先祈禱這些人不要太嚴格吧。

「這麼說來，再來就差全隊練習了吧。雖然體育課也會練，但這樣應該不夠吧。」

「啊，嗯。雖然接下來我才要去跟其他成員說，不過還好啦，我想大概沒問題……想是這麼想啦……」

「……海？」

一說到這裡，海就尷尬地低下頭。

分到新的班級已經過了幾天，目前我還不曾從海口中聽到什麼不好的事情。

當然海有所隱瞞的可能性也不是零……但關於同班同學，有什麼難以啟齒的事嗎？

「啊！沒事沒事。人際關係上沒什麼問題。記得前不久我也說過，大家人都很好，跟我非常要好……可是，這個，該說現在的狀況，我也有點想不到嗎？」

「嗯，嗯～……？」

從開始交往以來，海對我說得這麼吞吞吐吐，也是相當稀奇的情形。

從她的口氣推敲，我想並不是她在班上被孤立，也不是跟哪個人特別相處不來……我信任海，所以不打算追問，但身為男朋友，還是會有些擔心。

「總之，我特別要好的四個人——除了我以外的隊員，我打算之後好好跟真樹介紹……所以，這件事如果你願意再等我一陣子，我會很高興。」

「……既然海這麼說，也好啦，我是無所謂。」

海擔任隊長，她手上的十一班隊員表上，記載了其餘四人的名字。

中村澪。

早川涼子。

七野美玖。

加賀楓。

也因為我曾（自己覺得）和升學班的人競爭過名次，其中也有一些隱約留在記憶中的名字……搞不好其中也有一些個性多少比較強烈的人。

海說遲早會好好介紹給我認識。

但如果只是從遠處若無其事地觀望一下，應該沒有問題吧。一定是的。

於是時間來到隔天的放學後。我本打算找個好時機，悄悄前往十一班偵察，沒想到這個機會很快就來了。

「——好。好的，那麼今天的英語課就上到這裡。啊，今天就不開班會，等課上完大家可以趕快回家。畢竟沒什麼聯絡事項，而且上次實在拖到太晚了。」

宣告第六堂課結束的鐘聲響起，迅速收拾好的同學們幾乎一起走出教室。也因為我們班上回家社的人很多，對待班際比賽的認真度，比起別班就只是參加個「意思意思」。

「那我走了，真樹同學！明天再見！」

「啊，嗯。天海同學，從今天起自主練習？」

「嗯。馬上就開始全隊練習。我跟隊員們也說過，既然要打，就要努力看看。」

「這樣啊。我想會很辛苦，不過加油吧。」

「謝謝你……如果荒江同學也能加入，那就更好了。」

天海同學露出遺憾的表情，視線看向的座位上，已經沒有人。到剛剛她還靜靜聽著課，但多半是比誰都更早回家去了吧。

「我還有約，所以就先走了。真樹同學，我們好歹也是同班的，不可以只顧著幫海加油喔？團隊合作很重要喔？」

「唔。」

如果是個人對個人的對決也就罷了，班際比賽是班級對班級，所以我打算當天在表面上為自己班的天海同學這隊加油。難得有這種全班團結一致的機會，丟著自己班不管只為女朋友加油，那就未免太不會讀空氣了。

……我覺得實際上會怎麼樣，也得看當天的情形。

凡事都有例外。

當然，限定跟海有關的事情就是了。

「我……我知道的。嗯，不用擔心。」

「咦～真的嗎～？」

我被天海同學趁早叮嚀了一番，所以和別班對戰時，也得到場加油才行。

自己率先大聲加油……會有點難為情，所以多半只會在人群裡，跟大家一起看比賽。

和天海同學分開後，我前往十一班的教室。

我跟海和一年級時一樣，放學後都會一起回家，但平常我們多半在樓梯口前碰頭，像這樣來到十一班的教室前面，其實還是第一次。不過今天終究只是看一眼班上的面孔，我是打算這個目的一達成，就立刻撤退。

「――――」

十一班還在開班會，門的另一頭，可以看見學生們靜靜聽著男性導師說話。

海的座位――在靠窗的前面數來第三排嗎？她看似正經在聽老師說話，但也許是因為實在講太久，露出覺得無聊的表情。

目前似乎並未發現我在外面窺看。

「…………嗯～」

以往我也曾悄悄側目看著海，但像這樣從教室外窺看……愈想愈覺得自己在做非常不好的事情。

「總覺得這樣，好像跟蹤狂……」

雖然有著「擔心海是不是於現在的班上跟大家相處融洽」這樣的名目，但我又覺得像這樣瞞著她做這種事，違背了我們的約定。

哪怕我們彼此是男女朋友，而且自認也公認處於笨蛋情侶狀態，但我就是覺得如果情形愈演愈烈，就不再是「擔心」，而是會變得接近「束縛」了。

我好喜歡海，如果可以，她的事情我全都想知道，但還是需要自制。

「……嗯，還是算了吧。」

畢竟海說遲早會好好介紹給我認識，在這之前就不要無謂地深究了吧。

如果還是會在意，那就坦白把這樣的心情告訴她就好。

所以我決定只看看海無聊的表情就好，立刻轉過身去前往平常碰頭的地方，然而——

「嗯！啊喲。」

「咦？噗呼！」

我正要離開十一班教室的瞬間，由於沒怎麼看前面，並未發現有人朝我走過來，結果就像撞車似的碰在了一起。

我一想事情注意力就會散漫的毛病，差不多該改一改才行。

「對……對不起。我，不小心發呆……」

「啊啊，不會，別在意這種事。因為我也才剛從憋著的尿意中得到解放，正處在超絕賢者時間。啊，在異性面前說這些是不是太沒神經了？這可失禮了。」

「是……是喔。」

站在我眼前的，是個想來跟我不同班的女生。她戴著黑框眼鏡，一頭長髮綁在身後。乍看之下，這個人的外表顯得很正經，但言行多少有些特別。

還有我們撞在一起的時候，我就隱約感覺她的身高比我高得多。

雖然不到望那麼高，但比起在女生中算是高的海和天海同學，肯定高了十公分以上。

「我們會在這裡撞到，也就表示你來我們班有什麼事？看上去似乎是別班的人。」

「是。呃，我是隔壁十班的前原。這個，我跟女朋友……約好了一起回家，所以我本來打算在這裡等到她開完班會啦……那我先失陪了。」

「啊啊喲，你等一下！」

我正要匆匆從她身旁走過時，她就猛然伸出長得出人意表的手臂，牢牢抓住我肩膀。

雖想輕輕甩開，但她似乎握力也強，我完全動彈不得。

「請問，有什麼事嗎？」

「啊啊，抱歉，我是覺得好像在哪裡看過你的臉……呃，是在哪裡呢？雖然沒什麼特別好記的特徵，但有種施壓一下就會被直銷纏上的感覺——」

「……這種時候希望妳至少說是『爛好人』……雖然這種心情我是懂啦。」之前新田同學也曾開玩笑這麼說過我，我看起來是不是真的這麼好騙呢？我自己倒是認為我的疑心還挺重啦。

從她的口氣聽來，眼前的她應該無疑是十一班的學生吧。而且還是個性很強烈的女性。

「……對了，差不多可以請妳放開我了嗎？」

「還不行。我都已經快回想起來了，再給我十秒……啊啊，對了，我想起來了。你，該不會是真樹同學？前原真樹同學。」

「嗯？是。我是前原真樹沒錯啦。」

「賓果～所以你就是小朝的心上人了。哼～剛才我說了很失禮的話，不過你的面相挺和善的嘛。」

「是……是喔……」

我連她的名字都還不知道，她似乎卻已經很了解我。

多半是海說了我的事情吧。從我們成了男女朋友以後，並未特意隱瞞交際的事實，所以這點是無所謂。

「這個，順便請問一下，妳的名字是？」

「嗯？啊喲，對別人說三道四之前，不先報上自己的名字，就太不公平了呢。我的名字是中村澪。我想你也知道，我是身為十一班第一名的女人。」

「是不是第一名我不太清楚啦……」

知道海說了我的事情時，我就早已料到，果然是那張成員表上四個人之一。

考慮到海之前的交友關係，就覺得她會和這幾位跟天海同學或新田同學不太一樣，很有個性的人要好，還挺令我意外。

我猜想其他三人總沒有中村同學這麼強烈，不過……升學班也有，不，正因為是升學班，所以也有這樣的人嗎？

海平常也一派模範生模樣，但在我面前還挺有個性。而她的這一面，我也非常喜歡。

「前原同學，老狸子……不，我是說導師的話多半也要說完了，所以你就來我們班上看看吧。我們班還挺多人想跟你說話。」

「妳說的是，這個……像是早川同學或七野同學嗎？」

「喔，你知道涼子她們的姓嗎？那就好說了。」

我本想趕緊開溜，但照這情形看來，她似乎是不會放我走了。即使跑掉，中村同學多半也會把這件事告訴海，既然如此，看來還是乖乖死心比較好。

為了先等老狸子……不是，是十一班的放學班會結束，我們站在離老師有點距離的地方。

目前沒收到海的訊息，所以中村同學大概還對這件事保密。

光是有天海同學和新田同學這兩個人在，我都會多少有些顧慮，接下來竟然要和四個完全是第一次認識的女生見面……雖說是自作自受，我還是不免緊張。

之後過了幾分鐘，導師似乎說完話了，學生們一口氣從教室裡出來。

當然了，一臉賊笑慢慢靠近我的中村同學也包括在內。

「前原同學，請。有點亂就是了。」

「妳說得像是在介紹自己家……總之，打擾了。」

我被中村同學在背後推著，一起走進十一班的教室，結果正好留在海座位四周的三個人，以及露出吃驚表情的海都不約而同轉頭看我。

「哎呀～？欸，中村，這個男生是誰啊？」

「其實是妳男朋友……也未必吧。畢竟中村對這種事情似乎不太有興趣。」

「看她特別開心地說『有個人想介紹給大家』然後跑出去，我就覺得怪怪的……湊，這位該不會是？」

「哼哼哼……美玖、楓、涼子。不用纏著小朝問，對方就自己特地送上門來了。」

「「「難道說……！」」」

也不知道她們三人察覺到了什麼，只見她們的眼睛慢慢瞪大。

……這是什麼情形？

「沒錯，就是這個難道……他就是我們十一班的偶像——小朝心愛的男朋友！」

「「「果然！」」」

這一瞬間，海以外的三人同時起身圍住我。

「咦？咦？怎麼了？」

「是喔～！他就是前原同學啊？原來小朝喜歡這種型的啊～！啊，我是七野美玖，請多指教了。我參加輕音社。怎麼樣？要不要來彈彈吉他？」

「妳……妳好。我還是先不要……」

「我是加賀楓。前原同學，黃金週有同人展，可以借用你們家小朝嗎？我做了有夠可愛的cosplay裝，想請她幫忙顧攤。」

「這妳問我我也沒輒……」

「對不起，我們班的澪就是那樣。可是，畢竟我們最近的話題都是在談前原同學……啊，我是劍道社的早川涼子，請多指教。」

「這樣啊……我才要說不好意思，打擾各位了。」

我還想著到底發生什麼事。她們一知道我是誰，就猛然圍上來找我說話。

看來是在我所不知道的小圈子裡成了熱門話題……真不知道我的消息是在什麼樣的來龍去脈下走漏的。

「……真是的，真樹你喔。虧我都說了會好好介紹給你認識。」
「哈哈……抱……抱歉。我就是會擔心海。」
「真樹笨蛋。雖然沒把話說清楚的我也不好啦。」
這件事，就好好聽海親口說吧。

※※※

新學期開始的第二天。
早上，我暫時和幾乎每天一起上學的男朋友分開，走進自己的班級——十一班的教室。
換做是平常，這時我的好朋友就會充滿活力地打招呼，同時撲過來抱住我，但現在這個好朋友則和我的男朋友一起進了隔壁班。
……我只是明白描述事實，但也許說法有點不妥。
他們同班，會進同一間教室明明理所當然，但我就是覺得心中不太暢快。
無論真樹還是夕，都聊得那麼開心——笨蛋。一群笨蛋。
「不不不，我是有沒有這麼愛吃醋啦……」
我靜靜坐到自己的座位上，小聲嘆了一口氣。
我知道他只看著我，而且不是會對其他女生出手的那種不誠懇的男生，最清楚這點的就是我。而且我也知道，我的好朋友對於這樣的他，始終只當成「普通朋友」看待。

雖然之前完全沒有自覺，但萬萬沒想到我有著對一件事如此執著的一面。

……這也是因為我嘗過了「戀愛」的滋味嗎？

總覺得再胡思亂想下去不太好，所以目前就先把注意力放到別的事情上吧。

沒錯，首先是關於我分到的十一班。

我們班聚集了志願是考進頂尖大學的成績優逸者，但看上去，那種顯然把所有資源都投入學業的人意外不多。

班上成員大約三分之二由女生構成，但聽班上同學說話，聊的卻不是上課或念書的事情，有時是穿著打扮、有時是有人模仿我們班導師來逗大家笑，還挺熱鬧的。

今天已經是第二天，會一起行動的團體似乎已經固定到一定程度，但目前我並未屬於任何一個小團體，獨自靜靜度過早晨時刻。

三十人的同班同學中，沒有任何人是從一年級就同班的同學。社團活動我也並未參加，所以在人際關係上，完全是從白紙狀態出發。

「…………」

想來我可以輕鬆地找任何人說話，實際要開口卻意外地有所遲疑，身體不聽使喚。我就是覺得自己是局外人，擅自闖進已經固定到某種程度的群體裡會給人添麻煩。

去年入學的時候，明明完全沒有這樣的情形——我想到這裡，發現以前的我和現在的我，有著唯一一個差異。

就是那位從國小(初等部)成為朋友以來，就一直跟我同班的好朋友。

也因為夕生性開朗，又有著不分男女都會受到吸引的容貌，即使什麼都不做，就只是待在教室裡，身邊也自然而然會有人聚集過來。

當事人黏我這個好朋友黏得很緊，所以人們也會找我說話，也就在這樣的契機下漸漸熟起來。從認識夕以前就一起的紗那繪和茉奈佳是例外，而我從高中開始來往的新奈，一開始會有所交集，還是因為夕。

「……然後，現在的我不敢對任何人說話，孤伶伶的。」

即使以往我當自己是班上的核心人物，一旦沒有夕在，我終究只有這點本事嗎？雖說和真樹開始交往以來，已經漸漸在改善，但在學校還是擺脫不了表現成模範生的習慣，所以也許會讓有些人覺得我醞釀出一種難以親近的氣氛。

明明我即使乍看之下只是靜靜攤開課本，一臉不在乎的表情，但滿腦子都是戀愛的事情，還不聽老師說話，在桌子底下偷偷和男朋友傳訊息。

「……不知道真樹在做什麼呢。」

我忍不住拿出手機，一如往常地發訊息給真樹。

雖然在和男友打情罵俏之前，有更該做的事情要做，但只有這件事，我實在很難戒掉。

『（朝凪）真～樹！』

『（前原）什麼事？』

『（朝凪）我想反正你一定一個人過得很寂寞。』

『（朝凪）啊啊，我真是個好為男朋友著想的好女友。』

『（前原）竟然自吹自擂。』

『（前原）也是啦，是好女友這點倒是沒錯。』

『（朝凪）咦？什麼？真樹，你剛剛說了什麼？我耳朵不太靈，沒聽到。』

『（前原）這跟耳朵無關吧。自己去讀上一行。』

『（朝凪）再發一次。如果你不想這樣，也可以當場大聲說出同一句話。』

『（前原）替代方案的難度有夠高的……』

『（前原）好啦。那我再說一次。』

『（朝凪）好期待。』

『（前原）也不用那麼期待……』

『（前原）海是個好女友。非常好。』

『（朝凪）嘿嘿，謝啦。』

『（前原）那麼老師差不多要來了，我先下了。』

『（朝凪）嘻嘻，你害羞了。好可愛。』

『（前原）　才……才沒有。』

「……嘿嘿！」

哪怕努力想裝得平靜，總是會忍不住笑出來。我開心得不得了，忍不住嘴角上揚。

嗯。果然和真樹這樣說話就是開心。起初純粹是為了避免我們要好的關係被同班同學發現，兩個人一起想出來的措施。但多虧有了這個措施，才能夠一直都不忘記剛開始交往時那種新鮮的心情。

我們分處不同教室，不能偷偷觀察戀人跟自己有著同樣表情的模樣，確實令人遺憾，但相對的，多了許多想像的樂趣。

不知道真樹現在有著什麼樣的心情，又有著什麼樣的表情呢？

如果他跟我有著同樣的心情，我會非常開心。

關掉訊息ＡＰＰ，回到待機畫面一看，桌布是真樹以難為情的表情撇開目光，但又低調地比出Ｖ字手勢的照片。

這是聖誕節時拍的照片，我還瞞著他設定成桌布。

平常凡事都嫌麻煩，懶洋洋的……可是有時候體貼又可愛，極低機率會表現出非常帥氣的一面，是我比誰都重視的男生。

只要有真樹在，哪怕在班上變得有些格格不入也沒關係——我如此心想，但還是覺得這樣不妥，用力搖頭。

這個本來很怕人多的團體行動，很怕生的男朋友，還是努力想融入新的班級，所以我得先當他的榜樣，引領他才行。

就像真樹努力要成為配得上我的男朋友，我也要努力讓自己當個能一直讓真樹尊敬的女朋友——

「——哇！」

「呀！」

我想看著最喜歡的男友照片來恢復活力，從今天起也要提起精神展開行動……結果就在一聲大喊中，被人抓住雙肩。

然而，我自己確實嚇了好大一跳。以往即使投入在和真樹聊天，也都會細心留意周遭的動靜。

是對方發現我在忍笑而接近嗎……不管是不是，竟然無聲無息地突襲我，對方也相當有本事。

座號十一號，中村澪同學。我只知道她的姓名，她是一年級時一直保持全學年第一名的人。而且還是遙遙領先。

「……呃，啊啊對了，是中村同學吧？怎麼了嗎？」

「嗯？沒有，我看妳在抽屜裡偷偷摸摸，所以有了點興趣。妳在做什麼？在抽屜裡栽培不可告人的花草？如果生意快要上軌道，讓我也分一杯羹吧。」

「真是的，哪有可能種那種東西嘛……我只是偷偷在玩遊戲啊。」

「喔～最近的手機遊戲還會秀出不起眼的男生照片啊。我對這方面很不熟，所以挺意外的。」

「…………」

中村同學黑框眼鏡下的眼睛閃閃發光，同時嘴角上揚。

我幾乎就要說出「妳這傢伙」這幾個字，這才趕緊吞回去。

「……妳、妳都看到了？」

「啊哈哈，對不起。妳都不肯乖乖招認，我就忍不住有點壞心。別看我這樣，我可是個很俏皮的女生。」

「這種話是自己說的嗎？」

「當然要說。不然大家就不會覺得『啊，原來中村同學其實是個很俏皮的女生，好可愛啊』了。」

「我總覺得這樣有很強烈的反效果……」

自我介紹的時候，我就想到這人可能真的有點另類，但我萬萬沒想到原來她不是特意搞笑，竟然真的是個怪人。

和夕、新奈，以及真樹都不一樣的類型。由於是升學班，當初我並未期待會遇到這麼有趣的邂逅。

「那麼待機畫面的男生是誰？該不會是朝凪同學的男朋友？」

「是啊。既然都提起了，如果有問題想問，要不要讓我好好說給妳們聽？當然了，中村同學身後的三位也包括在內。」

「怎麼，看妳之前好像很慌，但都有好好看清楚四周嘛。」

「那還用說，我長年當班上的領袖可不是當假的。」

「不錯耶。那包括我後面的三個人，以後也要請妳多關照了，小朝。」

「妳突然就自來熟啊……是沒什麼關係啦。」

原來如此。雖然我對新的班級多少有些不安，但這樣也許會另有一番有趣的局面。

雖然跟我原本預想的局勢有些偏差，不過就當作是結果ＯＫ就一切ＯＫ吧。

……真樹，謝啦。

我一邊感謝現在不在這班上的男朋友，一邊在新的班級踏出了第一步。

※※※

「——差不多就是這樣的因緣際會下，我和大家也熟起來了。」

「是喔，原來有過這樣的事情啊。」

「嗯。啊，我話先說在前面，現在我非常開心。中村同學、小楓、小玖、涼子同學，大家人都很好。」

「欸，小朝，我們都這麼要好了，為什麼還是叫我『中村同學』？妳就像叫她們三個那樣，叫我小字輩或是叫名字嘛。啊，叫我『澪澪』如何？」

「我第一次聽到這個綽號……不過中村同學感覺就是很中村同學啊。」

「就是啊中村。」

「放棄吧中村。」

「澪，我覺得『澪澪』實在太扯了。」

「會嗎……那麼至少前原同學──」

「不，我絕對不要……」

「嗚嗚……楓，剛剛我出糗的地方，剪輯的時候幫我剪掉。」

「不，現在根本沒在錄影或錄音好嗎？」

她們跟海和樂融融地有說有笑，但起初海在班上差點要變得格格不入，讓我感到挺意外。

聽她們說來，將中村同學她們四個人與海串連起來的，似乎是我。

……還有海把我的照片設成待機畫面，也讓我有點意外。

聽她們說起這件事，讓我現在都還難為情得像是臉頰要冒出火來，但話說回來，海這麼想念我，坦白說我很開心。

該怎麼說呢？我不禁覺得我們真是一對笨蛋情侶。

「那麼小朝，妳和前原同學是哪一邊先表白，才開始交往的呢？如果當時有些關鍵字，真想聽你們說說。」

「呃……是……是怎樣來著了？當時我很緊張，所以不太記得……好像。」

「喔？喂喂，小朝～都這個時候了還裝蒜可不太好喔～？看妳滿臉通紅，我看妳現在就在腦內重播當時的台詞吧？啊，為了之後能夠好好重播，我是不是該先錄個音？」

「美玖還有楓，妳們別這樣。就算妳們對戀愛的話題再有興趣，也不要讓小朝為難。雖然由沒有經驗的我來說也不太對，但我想這種事情不是會到處講的……對了，兩位是不是已經接吻過了呢……」

「雖然小楓和小玖都是，不過原來涼子同學也聽得津津有味嗎？」

我努力試著像平常那樣吐槽，但其他三位也和剛剛的中村同學一樣個性強烈，連海都被她們的氣勢壓得有點狼狽。

我本來就知道海有著一被提起戀愛相關的事情就會慌張的可愛一面，但看到她和天海同學還有新田同學在一起時又不一樣的樣貌，讓我覺得非常新鮮。

「怎麼樣啊前原同學，這就是我們班的偶像。很可愛吧？」

「是啦，好歹我們是男女朋友，這點我是知道……不過，我沒想到海竟然處在這種被大家寵愛的定位。」

「這點我也沒料到。起初自我介紹的時候，她十足像是那種才貌雙全的模範生，給人很不好親近的感覺。偷偷摸摸用手機，也讓我覺得想也知道一定是有個超級帥氣到讓人看不下去的男朋友，讓我覺得可惡有夠羨慕啊，把妳的幸福也分給我啊，我好羨慕啊這樣。」

「原來妳那麼羨慕啊……」

然而海不是那樣的女生，而是和大家一樣，是平凡的女生。

沒有任何特別的地方。和大家吃一樣的東西，會懶洋洋地睡睡午覺，玩玩遊戲，談平凡的戀愛。

這樣的她無論看在誰眼裡，想也知道怎麼看都很可愛。

「所以呢，前原同學不用擔心，小朝已經順利成為了班上的一員，你放心吧。啊，當然我們隨時都有人在監視，不讓班上的男生隨意招惹她。對吧，大家。」

「是啊。有哪個傢伙敢給有男朋友的小朝添麻煩，就等著被本小姐華麗的貝斯技法來個腦袋開花。」

「美玖，技法不是這樣用的吧？不過玩笑就不說了，我們會扮演好牆壁的角色。畢竟小朝的第一次cosplay我已經預約了。」

「那我就從內部監視有沒有叛徒吧。楓，我是不打算干涉妳的興趣，不過這種事情妳要自己一個人享受。」

「我……我知道的，大姊……我知道了，所以拜託妳趕快把拿在背後的練習用竹刀放回置物櫃。」

我覺得光是她們四個人吵吵鬧鬧地不停追問，就已經充分對男生發揮了牽制效果，但包括海在內，她們都顯得很開心，所以應該不用管吧。

儘管怎麼想都覺得她們尚未培養感情，交情就已經成型。但不管怎麼說，包括海在內的這五個人，就是這次班際比賽上，要和天海同學的隊伍對戰的十一班Ａ隊。

聽她們說來，四個人當中只有劍道社的早川同學參加運動性社團，所以推測比賽本身應該會打得難分勝負。但如果從五個人的團隊合作來看，現階段說什麼也是海這邊占上風。

海與天海同學這兩人升上高中二年級才首次分開，竟形成了如此鮮明的對比。

3. 前哨戰

親眼目睹十一班良好的團隊氣氛，讓我更加在意她們兩人所在隊伍的對戰將會如何，但在這之前，還是要先處理自己眼前的課題。

照先前的討論，我在班際比賽將參加壘球項目，但始終沒有練習。即使想自主練習，運動場有棒球隊和足球隊在用，即便想借球具去其他地方練習，也因為擔心會對鄰近居民造成困擾，所以禁止在公園等處訓練。

因此除了體育課以外，能做的事情很少。

於是我利用午休時間等等的空檔，先找望一起傳接球。

「——真樹，一開始我會慢慢投。你要仔細看球，手套儘量不要從自己眼前移開。」

「啊呀呀……這樣嗎？」

「嗯，對對，就是這樣。搞什麼，以幾乎第一次練來說，做得挺好的嘛。」

「不……不好意思。」

似乎是望教得好，雖說是從相當遠的地方投過來的球，我也勉強能夠接進手套裡。

望說會慢慢投，但投來的球很沉，每次接球都會讓手發麻，但球發出啪一聲清脆的聲響進入手套的感覺倒也還不壞。

「說到這個，望要打哪個位置？壘球只能用下手投球，但你應該還是當投手？」

「對啊。我已經很久沒打壘球了，所以得透過練習來找回感覺才行。話說真樹你是守外野嗎？」

「嗯。我不是那種當投手或捕手的料，而且內野要處理的球也很難，跟隊友的合作似乎也有很多東西要學，所以就用消去法選了外野。」

雖然還不是正式決定，但我的位置多半會是右外野吧。棒球隊的王牌望就先不說，其他成員在棒球方面應該都是外行人，擊球也多半會集中在右打者揮棒方向的左外野方面，所以我們打算將運動神經好的人往這邊集中。

「那麼打擊練習之類的要怎麼辦？如果是T座打擊，不太占地方，我就可以陪你練……不過你多半會去那家遊樂場裡面的打擊中心吧？」

「是吧。雖然多少要花錢，但正好適合用來讓眼睛習慣快速球。海說今天放學後就馬上去練。」

「真樹放學後去遊樂場約會……說來說去，你也很正常在享受青春啊。」

「是練習啦，練習。雖然應該也不會一直都在揮球棒，我想大概多少會玩一下。」

雖說目的終究是練習，但海今天從早上就一直顯得很開心，所以我多半會在很多事情上奉陪吧。

像是久違地打打街機，玩玩代幣機，還有……對了，像是兩個人拍大頭貼合照等等。她頻頻在用手機查最新的大頭貼機台，所以就算我抗拒，多半也會被拉去拍吧。

午餐加上之後的輕度運動，這雙重打擊讓我受到比平常更劇烈的睡魔侵擾。但我勉強撐過了下午的課之後，就照當初的計畫，跟海一起前往我們都熟的遊樂場。

有點昏暗的店內，以及四處傳來的吵鬧聲響。

有種懷念的感覺。

「真樹，來，這邊這邊。後面還有行程，所以我們趕快先練完吧。」

「不，目的始終是練習吧……啊，等等，不要先走啦。」

非週末的平日像這樣跟海一起上街，其實還是第一次。平日我們就算一起玩，也幾乎都是在我家，所以偶爾像這樣來一次放學後約會，身旁的海也開心得連說話聲調都雀躍起來。

「說到這個，不邀天海同學真的沒關係嗎？雖然我們獨處是很高興，但沒能跟海玩，天海同學應該也在忍耐。」

「我是邀過夕，但她說跟其他人有約了。我看多半是練籃球吧？她約的人好像對方很忙，只有平日約得成。」

「是喔。天海同學果然很努力啊。」

多半是找國中時代認識的人當教練吧。海與天海同學出身的那間女校，特別致力於發展運動，所以籃球隊有她認識的朋友也沒什麼不可思議。

我不太常聽海說起國中時代的事情，但搞不好是海也認識的人。

我一邊這樣想東想西，一邊跟海牽著手，前往有著整排投球機的樓層。上次來到這裡，大概是在半年前——沒錯，那是我和還只是普通「朋友」時的海一起來的時候，所以已經好一陣子沒來了。

現在回想起來，從那個時候起，我跟海的關係就一直在漸漸加深。

「好久沒打了，就先從打個一百公里左右的球速找回感覺開始吧。先打個三百圓，習慣以後就換到一百二十公里。」

「好……好的。請多指教了，教練。」

「唔。我會全程陪同到你練會為止喔……嘿嘿，真樹，我支持你，加油喔。」

「嗯。是啦，我會努力看看。」

想儘量表現給在鐵絲網外守望的女朋友看，戴上用來防止受傷的頭盔，走上打擊區。

我已經很久不曾像這樣握金屬球棒，但身體似乎還記得感覺，握柄意外合手，球棒本身的重量也讓我覺得很輕。比起之前還很瘦弱的時候，身體也多少變壯了些，所以照這樣看來，多少用點力揮棒多半也不會有問題。

「真樹，在球碰到球棒前，都要仔細看著球揮棒。不用想著要把球往前打，只要姿勢確實，球就會犀利地飛出去。」

「……嗯。」

海所給的建議現在聽來已經會覺得懷念，我聞言之後點點頭，揮了揮球棒。姿勢已經請望教過我，所以再來就只剩下實踐。

——鏗！

「喔。」

「啊，打到了。」

果然是基礎練習的功效吧，雖然是彈跳的滾地球，但打出去的球，勢頭足以飛到投球機所在的網子。

「不錯嘛！就是這樣，往球更下面一點點的地方打。」

「嗯。」

我對表情一亮而大聲加油的海點點頭，繼續把球打回去。

這也就表示這些日子裡我步調雖慢，但一直腳踏實地所做的努力，絕對不是白費的嗎？

儘管有時會揮棒落空或擦棒，但球棒揮得好時，就會打出還不錯的球，直直飛到投球機上方的網子上。

——鏘！鏘！

「……這種事也許意外開心。」

看著球留下清脆的聲響飛向遠方，感覺得出心情愈來愈昂揚。

經常看到像是下班的上班族來揮棒，以往的我都覺得「到底是哪裡好玩？」……但當成發洩壓力偶爾來打，也許是很好的方法。

還有，感覺這樣也多少能在海面前有點好表現。

雖然我還只有打慢球。

「真樹，辛苦了。來，碰拳頭。」

「謝謝。是多虧海的建議。」

「不客氣。啊，你流汗了。我幫你擦，你再靠過來一點。」

「不，我有手帕，而且汗我可以自己擦啦。」

「是　我　想　擦。」

「……好的。那就麻煩妳了。」

「很好。」

海似乎也因為親眼見證我的長進而開心，比平常更加細心照顧我。

由於是平日，館內只看到稀疏的人影，但如果我們照常打情罵俏搞得太過火，就不免會在意周遭人們的視線和聲音。

現在……似乎沒有別人在，讓我暫時放下了心。

「真樹，要怎麼辦？你似乎有點累，要休息嗎？」

「不，目前我覺得動作很流暢，想就這樣繼續打。應該說接下來才是重頭戲。」

「唔。也是啦，雖然是壘球，但球的體感速度還是有差。那就這樣去打打看一百二十公里吧。」

於是我們一路往旁移動，來到球速更快的區域。這邊可以練習一百二十到一百四十公里的快速球與變化球，來這裡打的似乎是以平常就習慣打棒球的人為主。

由於客滿，我們排隊等候。

「光從外面看，就覺得這邊的球還是那麼快啊……海，一百二十公里的球妳都是怎麼打的？」

「嗯～基本上就是跟剛才說的一樣，要仔細看著球打，不過我看關鍵大概還是揮棒的時機吧？看對方的投球姿勢，還有投過來的速度等等，隱約可以預測。畢竟就算球很快，也沒辦法加快揮棒的速度。」

「原來如此。時機是吧。」

「對對，時機。不限擊球，什麼事情都是嘛。」

海邊說邊把身體貼到我身上。我終究只是遵從自己的心意而做，但能跟海變得這麼要好，一定也是因為時機好吧。

……就不知道是不是因為時機太好，才會變成笨蛋情侶。

我們有點離題，眼前還是先拉回正題吧。

我想參考別人揮棒，於是目光望向其中聲響最清脆的打擊區。就在我們排隊等候的打擊區隔壁，其他人不時會失誤，但這個人已經連續好幾球都打到寫著「全壘打」的牌子附近。

「嘿～呀～！喝～！」

喊聲與姿勢有點獨特，但基礎很紮實，揮棒非常強而有力。

我正佩服地覺得有才能的人果然不一樣，接著才發現這個背影我非常熟悉。

由於有防止意外的網子和頭盔，起初我沒發現，但只要看到這人每次揮棒，就會從頭盔後面甩得輕輕飄舞的金色長髮，根本無從認錯。

「呼。啊～我只是試試看，但是好開心……等等，啊。」

「夕！」

「天海同學？」

「呀喝，海，還有真樹同學也在。嘿嘿，由於那邊不方便，結果還是跑來這邊了。」

我們前面的人正好在這個時間點打完，但為了先整理狀況，我跟海讓排在我們身後的人先打，去找尷尬苦笑的天海同學。

「夕，妳怎麼會在這裡？籃球練習怎麼了？」

「嗯，本來照計畫要練，可是因為那邊不方便，就變更了練習地點。妳也知道，這間遊樂場的上面一層樓就有籃球場和室內足球場之類的吧？所以我們就打算過來練球，也順便來玩一下。」

「那麼她們兩個也一起來了？」

「嗯。現在她們好像正好離席就是了……啊，話才剛說呢。喂～紗那繪，茉奈佳。」

「……二取同學和北条同學？」

朝天海同學揮手的方向一看，就看見穿著橘女子高中特色白西裝制服的兩人。

她們看到我跟海兩個人，也露出意外的表情，但沒有以前那種顧慮的樣子，而是露出了笑容。

「小夕，妳該不會把他們兩個也會來的消息瞞著我們？要是早知道，就可以多點心理準備了。」

「紗那繪，妳這話是什麼意思？」

「真是的，開開玩笑嘛。小海，不要這種表情。」

「前原同學，你好～好久不見了～」

「好……好久不見了，北条同學。」

上次像這樣見面是在海的生日會，所以大概隔了兩三週吧。兩人的頭髮都剪得比當時要短，但一看臉還是能馬上認出來。二取同學一雙圓滾滾的眼睛很特別，北条同學則是一雙與她文靜語調相稱的下垂大眼睛，很有特色。

她們兩個為什麼會和天海同學一起……我先懷疑了一下，但只要看看兩人提的大運動包就一目了然。

「該不會天海同學的練習夥伴就是二取同學跟北条同學吧？」

「是啊，就是這樣。我和茉奈佳從國中部的時代就一直參加籃球隊，於是她拜託我們有時間的時候能不能當她的教練。當然，她還拜託我教小海。」

「……啊啊，原來啊。」

原來海所說的管道，是二取同學她們啊。

橘女子的籃球隊，在當地似乎是相當強的豪門球隊，如果要找人教，的確是再好不過的對象。

「對了，難得我們都在，今天我們大家一起練習吧。站在教人的立場，這樣也比較省事。啊，可是這樣會不會毀了你們難得的約會？對吧，茉奈佳？」

「嗯，我感受到小海無言的壓力～」

「我……我又沒這麼說……還有，今天的目的終究是練習。」

海說著我前不久才說的話，悄悄用力握住我的手。

她們兩人從豪門學校忙碌的行程中抽空陪我們練習，不能拒絕她們的提議，但海當然也有想和我獨處的心意……大概就是這麼回事吧。

我始終是站在海這邊，所以也能夠拒絕這個提議，繼續進行自己的練習。可是……

「嗯，知道了。既然妳們兩個這麼說，機會難得，我也一起參加練習吧。雖然和計畫不一樣，但這樣能請妳們兩個指導的時間也會變多。」

「海，可以嗎？」

「還好啦。而且我也不希望都是真樹表現給我看，我也想展現自己也有在好好努力的這一面。」

「太棒了。那就這麼說定了！」

海答應之後，天海同學就一臉開心的表情，雙手用力一拍。

雖然她們表現出在班際比賽上互相是敵手，所以練習也要各自練的態度，但對天海同學來說，應該還是想跟大家一起打球的意願比較強。

「真拿妳沒辦法。」

海傻眼地這麼說，但她看著天海同學的眼神很溫和，表情也很平靜。

其實海明明也希望這樣……真是個不老實的女朋友。

老交情的四人齊聚一堂，於是我的練習暫時告一段落，我們搭電扶梯前往另一個樓層。

這裡沒有代幣機或大頭貼機之類的娛樂性機台，是以活動身體為目的的空間。有著撞球台、桌球台，還有在飛鏢比賽上常見的機台，不過還是以剛才我們也聊到的籃球和室內足球為主。

我們付了五人份的使用費，進入由網子圍住的球場內。雖然只有半場，但五個人用已經太大了。球和球鞋都可以免費使用加上費用又便宜，所以對學生來說也很方便。

「做完伸展和熱身後，今天就來練習投籃吧。練完投籃就兩個人各自帶自己負責的學生，來一場二對二的小比賽。」

「嗯？負責的意思是二取同學和北条同學要各教一個人？」

「基本上是這樣吧。我，二取負責小夕，茉奈佳負責小海。這樣效率也比較好。」

「我和紗那繪的程度大同小異，所以不會差多少的～」

於是她們立刻分成兩個二人組，開始練習。

我則負責撿球與傳球等工作，輔佐兩組人馬訓練。

「小海跟小夕，妳們兩個先輪流投籃看看。現在還不用在意姿勢之類的問題。」

二取同學不知道從哪裡拿出的哨子一吹響，海與天海同學的練習就開始了。

首先是投籃，海與天海同學的姿勢很不一樣。

海是雙手牢牢拿住球，是女子籃球常見的投籃姿勢。

相對的，天海同學則採用左手扶穩球的姿勢。

就這點而言，並沒有哪一種才是對的。只要投進就可以，所以選自己順手的姿勢就好。

「小海，妳的手臂太用力了～肩膀要放鬆，意識著用下半身投籃～」

「嗯……嗯，對不起，茉奈佳。」

「小夕，妳的心情我能體會，但妳模仿職業選手過頭了。現在都投進了所以沒關係，但如果養成奇怪的習慣，以後可就辛苦了。」

「了……了解，紗那繪教練。」

根據我從稍遠處所見，覺得她們的練習真的很確實。直到前不久，還對天海同學與海有些客氣的兩位教練，現在也都嚴格地指導著自己的學生。

這場無微不至的一對一教學開始十幾分鐘後，海與天海同學似乎本來就多少有在打，投籃的姿勢漸漸變得漂亮，投籃的成功率也跟著不斷上升。

「好的，ＯＫ。妳們兩個都一樣，不要忘了這個感覺。那麼已經教到一定程度了，妳們兩個人就來一場投籃對決吧。」

「「…………唔！」」

二取同學說出「對決」這個字眼的瞬間，海與天海同學之間有那麼短短一瞬間，流過一觸即發的空氣。

……離正式比賽還有一段時間，但兩人是不是都已經太在乎對方了？

「輪流從罰球線投籃，沒投進就當場伏地挺身十次。妳們就先各投個十球，投進比較少的一邊追加伏地挺身五十次……話雖如此，我說紗那繪～這真的要做嗎～？對她們兩個會不會太嚴格了點？」

「會嗎？我們平常做的都是這個兩倍以上，憑她們兩個應該沒有問題吧？小夕，小海，怎麼樣？要比嗎？」

「「要。」」

她們這對好朋友其實都很要強好勝，被這麼一說，當然就會這樣。

無論是特意用激將法的二取同學，還是假意擔心她們，其實還是在用激將法的北条同學，跟她們的交情都不是混假的。
我這個時候插嘴想必就太不識相了，所以我決定默默觀望。
「嘻嘻。」
「呵呵。」
兩人表面上在笑，但該怎麼說呢？有點可怕。
經過猜硬幣決定由天海同學先攻，這場投籃對決開始了。
「好，我要先投進一球，給海壓力～」
「還學人家玩心理戰？不用搞這套，趕快投吧。可以用球場的時間沒那麼多。」
「好～……那我要投了。」
天海同學小聲吸氣，以認真的眼神看向籃框出手。
她的姿勢筆直，漂亮得一點都不像是外行人。
輕輕投出的球，並未碰到籃框，發出唰一聲令人痛快的聲響空心入網。
「小夕，漂亮。」
「好球～」
「嘻嘻，謝謝～來，輪到海了。」
「我知道。」
海從天海同學手上接過球，朝我瞥了一眼。

她看來並不緊張，但我覺得她的表情有點僵硬，也許對她喊個話比較好。

「呃……海，加油。」

「嗯，謝謝……妳們三個為什麼這樣一臉賊笑看著我們？」

「「「沒有啊～」」」

「真是夠了……」

儘管因為其他三人看好戲的視線而紅了臉，但海仍然以先前學到的姿勢投球……我本以為會進，但運氣不好碰到籃框內側而彈了回來，沒能投進。

「啊。」

「小海失敗。那就照約定，伏地挺身十次。」

「唔……眼看就只差那麼一點了。」

海一臉懊惱的表情，當場做起伏地挺身。

雖然還剩下九球，但從天海同學那太完美的第一球看來，大概不能再失敗了吧。而且如果多失敗幾次，做伏地挺身的次數變多，投籃的準度多半也會下降。

海沒能有個好的開始，但之後找回了平常的步調，開始順利投進。

她進得愈多就愈穩，所以再來就等天海同學失誤……然而她這邊還是一樣狀況絕佳。

「——進了！這樣就是連續七球！」

「喔～小夕果然有一套。還是老樣子，天資絕佳。」

「怪物～」

「真是的，妳們兩個說得太誇張了啦，今天我只是湊巧狀況好。」

天海同學回答得很謙虛，但如果只看投籃，說她正式練過多半也會相信。

去年校慶時的畫也讓我嚇了一跳，我覺得她真的是個無所不能的人。如果學業也能顧好就完美了，但她在這方面則差勁得像是在開玩笑，所以也許反而成了讓她更吸引人的魅力。

只是我的視線還是望向做什麼事都一心一意努力的女朋友。

「海，這樣很棒。剩下的球也全部投進，對天海同學施加壓力吧。」

「嗯。夕那傢伙，現在怎麼投怎麼進，可是說不定一點小事就會讓她失手。欸，紗那繪，如果同分要怎麼辦？」

「看妳的表情是想比到分出高下為止呢。可是很遺憾，要算是平手。畢竟使用時間有限，而且似乎也不能延長。」

「勝負就留待正式比賽～啊，如果平手，兩邊都要做三十次伏地挺身喔～」

「……這會不會太蠻橫了？」

沒輸沒贏，所以處罰就由雙方分擔是吧？至於次數為什麼增加十次讓我大感疑惑。

第八球、第九球都毫無困難地投進籃框，勝敗就看最後一球。

天海同學與海的差距仍然是一球。

「好～看我全部投進，把五十次伏地挺身都推給海。」

「咦？我們是好朋友，妳當然會陪我做三十次吧？難不成妳想放我一個人孤伶伶？」

「這……這種心理戰我才……不對，海有真樹同學陪著不就好了嗎？別說三十次，就算是五十次，一百次，他一定都會陪妳吧？對吧真樹同學，你們是男女朋友，所以就是這樣沒錯吧？」

「可以不要在這種時候把話題扯到我身上嗎？我說真的……」

我明明只是來陪練，不知不覺間卻說得好像我也一起參加對決似的。

我也因為先前在打擊區太賣力，手臂的疲勞都還沒消退……雖然我不會放海一個人，所以是會陪她啦。

海的牽制讓天海同學表現得稍微動搖……不知道這一球會不會進。

「——！」

球從天海同學手中飛出，慢慢飛向籃框。

好。我覺得天海同學的嘴微微動了一下，想來她應該覺得手感很好吧。

如果這一球投進，不用等海投第十球，也將確定天海同學獲勝——本來是這樣。

——啪。

「「「「——咦？」」」」

發生完全出乎意料的事情，讓我們四個人幾乎同時看傻了眼。

天海同學看似會投進的投籃軌道，被一個莫名從不同方向飛來的球給撞偏了。

這一投當然也就沒進，兩顆球分別在球場上高高彈起，然後失去力道滾到網子邊。

「等等，是誰？我們還在練習，竟然擅自搗亂……」

最先做出反應的是二取同學。我的注意力都集中在球上，晚了一瞬間才搞懂狀況，不過看來是有我們幾個以外的人，突然朝我們拋出球。

朝入口一看，那裡站著穿著我們高中制服的女學生。

「……啊啊，抱歉啊。我到剛剛都還在排隊等待，可是你們搞得太沒勁了，讓我壞習慣發作。」

這番話說得絲毫不會不好意思的，是幾名女生中容貌最醒目，有著小麥色肌膚的學生。對我和天海同學來說，也是最近特別有過恩怨的人——荒江渚。

「荒江同學？呃，該不會荒江同學也是來這裡自主練習？」

「自主練習？怎麼可能？只是朋友說想活動身體，我才陪她們來。怎麼？有規定說我放學途中不能去遊樂場玩嗎？」

她還是一樣，一發現天海同學，敵意就會表露無遺。

身邊那些狀似朋友的人，看似試圖委婉制止，但似乎沒有人能夠強而有力地叮囑身為團體領袖的她。

「是沒這麼誇張……可是在這之前，就算有我在，總不能妨礙別人練習喔？如果只有我也就算了，今天還有外校的學生在。」

「小夕說得沒錯。我不知道妳是哪位，但這裡是公共場合，妳不遵守最低限度的禮儀，會讓人很為難。」

「啊？啊啊，這制服和包包……橘女子是吧？還是一樣給我裝乖寶寶。」

荒江同學似乎只要是看到和天海同學親近的人，就會不管三七二十一，對於贊同她的二條同學也惡狠狠地瞪著。

「妳們兩個也沒什麼好猜，是女籃的吧？可真辛苦啊。豪門學校的練習就已經很辛苦了，竟然還要幫忙教這些技術爛透的人練習。如果嫌麻煩，就好好說太麻煩比較好喔？」

「唔……！」

荒江同學做出這個發言的瞬間，海的單邊眼皮動了一下。

我也幾乎不曾看過，但這是海生氣時常會有的習慣。

「什麼技術爛透……小海和小夕技術都非常好，才沒有爛透。請妳訂正。」

「就是啊～而且這跟妳無關吧～」

二取同學和北条同學反駁得很冷靜，但朋友被人說得這麼難聽，語氣也不免變得強烈。

這對我來說也是一樣。

雖然不想在這種地方起爭執……但這下實在不說不行。

「……荒江同學，我可以說幾句話嗎？」

「啊？你誰啊，天海的男人嗎？如果只是想表現，給我閃一邊去。」

她的發言令人生氣，但動輒為了這種事情生氣，只會被對方的步調牽著走。

我得讓即將爆發的心冷靜下來，堅定地主張是對方錯了才行。

「不是，我是跟妳同班的前原。倒是荒江同學，這次的事情怎麼想都是妳不對。妳說在排隊等待，但是我們還剩下一點時間，輪不到妳來不耐煩。當然了，技術差不差也完全不關妳的事。」

「…………」

荒江同學犀利的視線刺向我，但我不能就此退縮。

這個人不只是對天海同學，對她的朋友二取同學和北条同學，甚至還拐彎抹角連海也說得很難聽。

身為朋友，身為戀人，我實在不能坐視不理。

「不管怎麼說，請妳為剛才的事情道歉。我不知道天海同學哪裡讓妳這麼看不順眼，但是至少來礙事的人是妳。」

「……我才不是只討厭她。」

「咦？」

「啊～好好好，對不起我妨礙到你們了。是我不好，我不會再犯了……好了，這樣總可以吧？」

「妳……說得這麼敷衍……」

聽到她這幾句單純只是說出道歉的話，卻一點誠意都沒有的道歉，連我都差點傻眼。

然而即使指出這一點，我也不認為現在的她會反省。

總覺得維持現狀繼續爭吵下去也無濟於事，但我們就這麼退縮，就會弄得像是原諒了她，這讓我很難接受。

「——真樹同學，可以了。謝謝你為了我們生氣。」

「天海同學，這樣好嗎？」

「嗯。畢竟我覺得在這裡吵下去也沒完沒了……而且球場的使用時間也過了，再吵下去會給店裡的人添麻煩。」

如果這裡是學校的教室又另當別論，但這裡是外校的學生和其他一般民眾也會來使用的空間。

如果我們在這裡愈吵愈激烈，甚至爆發衝突……對善意協助我們的二取同學和北条同學也不好。

天海同學應該也是無論如何都想避免這種情形。

這樣一來，妥協點就在於……

「荒江同學，因為時間到了我們就先走了，可是這次的事情我們不會就這麼算了。」

也就是說，這次的事情我們改天還要算帳。

雖然不知道不改頑固態度的荒江同學，究竟會不會真心對我們道歉……可是如果不說上幾句，我們實在氣不過。

「抱歉，眼前就這麼處理了……大家也覺得這樣可以嗎？」

「嗯。我完全ＯＫ。」

「既然小夕說可以，我也這樣就好。」

「我也是～」

天海同學、二取同學與北条同學都ＯＫ。

「…………」

「呃，海？」

「……嗯。」

總覺得海的樣子有點怪，但總之我得到了所有人的同意，今天就到此為止吧。

我也想離開這裡，讓心情平靜下來。

「那就這樣。」

「那……那我們走了，荒江同學。明天學校見。」

「……趕快出去。」

我們朝完全撇開了臉的荒江同學瞥了一眼，開始收拾各種用具。

先前我完全置身事外，但這樣一來，我也成了荒江同學不折不扣的敵人。

是不是又多管閒事了呢？我還是一樣在當爛好人，可是現在的我就只想得到這麼做。

……如果我能更圓融點，是不是就能圓滿收場呢？

不過事到如今，再想東想西也不是辦法。

「——好啦，礙事的傢伙也消失了，我們調整一下心情，隨便玩玩吧。」

荒江同學與先前判若兩人，轉而以溫和的口氣對朋友說話。我們五個人背對她，一起走向球場外。就在這時——

「……遜斃了。」

海明顯朝著荒江同學說出這麼一句話。

聽到之前都退一步觀望的海說出這句話，包括我在內的四個人都當場僵住。

她的音量足以讓人聽得清清楚楚，荒江同學的背影當然也抖了一下。

「……啥？妳是怎樣？妳剛剛對我說了什麼嗎？」

「說了啊，這又怎麼了？」

「……哼～？我還以為一個個都是軟腳蝦，原來也有些有骨氣的傢伙嘛。」

荒江同學將手上的球輕輕扔給身邊的朋友，目光犀利地朝我們走來。

「海……妳的心情我懂，不過現在還是先忍著。」

「別擔心。我不是要跟她吵，我又不是那麼幼稚的人。」

「就算海不是，對方那邊的情形看來很不妙……」

荒江同學那邊的幾個人似乎也不想把事情鬧大，努力想安撫荒江同學。

怎麼想都覺得這兩個人明顯合不來，為了盡可能避免衝突，我試著努力過了……但海似乎還是在最後關頭按捺不住。

「荒江渚，是吧？我的好朋友似乎很好商量，但我絕對不承認像妳這樣的人。都升上高中了，還像小孩子一樣亂發脾氣，不管是對我重要的朋友，還是對那邊那幾位妳的朋友，都添了麻煩。欸，妳自己做的事，自己都不會有一點難為情嗎？」

「都這個時候了還講大道理？而且我才要問，妳誰啊？看妳穿的是我們學校的制服。」

「二年十一班，朝凪海。跟夕是國小就認識的好朋友。」

「……又是乖寶寶喔？一個個都真的有夠煩。」

對方也因為受到制止，沒有要動手的跡象，但氣氛仍然一觸即發。

忽然視線往周遭一掃，因為這裡在入口附近，開始有幾個人察覺到我們這邊的情形。

如果被工作人員發現，要解釋起來也許就會更麻煩——想到這裡，就看到一個穿著狀似設施制服的人朝我們走過來。

「——不好意思，各位客人似乎有點狀況，請問怎麼了嗎？」

「啊，不好意思。是關於球場使用時間的事情有點……等等，咦？」

「嗯？啊，喔喔。」

雙方大概都想問為什麼在這種地方遇到，不過來搭話的工作人員實在太令我意外。

「這不是真樹嗎？」

「泳未學姊。」

擔心地跑來找我們的工作人員，竟然是我打工處的資深前輩——泳未學姊。

為什麼她會在這種地方工作……我很想問，但現在不是說這些的時候。

「倒是你們怎麼啦？感覺好像……弄得挺劍拔弩張的。」

「呃……」

我先把現在的狀況告訴她，泳未學姊洞察力很強，立刻介入海與荒江同學之間。

「幾位客人，聽說你們有點糾紛？」

「……也沒什麼，只是我弄錯了點時間。事情已經解決了。」

「原來。那麼小海……不是，我是說這位客人也是嗎？」

「啊，呃……是。沒問題。不好意思驚動大家了。」

似乎是有成年的第三者介入，讓腦子突然冷靜下來，雙方立刻收起本來表露無遺的敵意，露出尷尬的表情。

我本來還心驚膽跳地擔心要怎麼收場，但泳未學姊真有一套。

「……我要回去了。」

「咦？這位客人，這樣好嗎？各位不是才剛付了錢……？」

「錢我都付了，要怎麼做都隨我高興吧？……大家，待在這裡只會不爽，我們去別的地方吧。」

荒江同學似乎是一口氣冷靜下來，變回了平常不高興的表情，說完這幾句話便帶著朋友離開了這個樓層。

……球和各種用具都放著沒收。

「啊，等等，荒江同學，東西沒收……」

「不用了，沒關係。這點小事我會處理。好歹我是這裡的工作人員。」

「對不起，這麼勞煩學姊……對了，學姊怎麼會在這裡？我們店怎麼了？」

「我是兼差啦，兼、差。我打算暑假找朋友一起去海外旅行，所以在賺這筆資金。因為只做現在的打工，會有點不夠。」

「原來如此，所以才……」

我還以為搞不好她是和店長吵架才辭掉了工作，但看來是我杞人憂天，於是暗自鬆了一口氣。

她迅速收拾了現場的狀況，工作中（也僅限工作中）的泳未學姊就是很靠得住。

雖說我自己也已經漸漸習慣平常的工作，但如果沒有學姊的幫助，恐怕還很難勝任。

「好了，幾位麻煩的客人似乎也回去了，我也回歸正常工作吧。啊，我待在換代幣的櫃檯，有什麼事就立刻來叫我喔。」

「對不起，學姊。妳這麼忙，還給妳添麻煩。」

「別在意啦。是別人也就算了，這裡的每個人都是我重要又可愛的學弟妹嘛。啊，這兩位是小海的朋友？難得認識了，要不要交換一下聯絡方式？」

「咦？啊，好的，如果不介意的話……」

泳未學姊就這樣不斷擴大自己的社交圈子。也不知道她們什麼時候換了聯絡方式，她和海與天海同學已經成了朋友。

這樣還只是大學三年級生……我如果也慢慢累積經驗，能夠變得像泳未學姊這樣嗎？

「摸魚太久會被前輩罵，這次真的要失陪了。各位，難得來了，你們就調適一下心情，再玩一會兒再走吧。」

「好的，謝謝妳。」

我們和泳未學姊道別後，離開了運動區，回到樓下的娛樂機台樓層。

也因為有過那樣的爭執，我們沒什麼遊玩的興致……不過就算有些牽強，也許還是換換心情比較好。

「海，難得來了，我們就來玩玩吧。」

「……也對。夕妳們呢？」

「那我也要玩。最近海都黏著真樹同學不陪我玩，所以在這種地方一起玩的機會少了好多。紗那繪和茉奈佳呢？」

「好啊，畢竟我跟爸媽說了，參加社團活動的自主練習會晚回家。」

「也好，這從某種角度來看也算是自主練習～」

她們兩人也都乾脆地點頭，於是我們決定再玩一會兒。

代幣遊戲、抽獎遊戲、競速遊戲、節奏遊戲。起初還不怎麼起勁，但遊戲果然就是好玩。玩著玩著心情也愈來愈好。

「啊～！海，這種時候用這個道具太賊了！不行，難得我剛搶到第一名的位子，禁止用這個！那是禁用卡！」

「啊～啊～聽不見我聽不見～來，發射。」

「呀啊！真是的，海好壞心……」

「隨妳說吧，畢竟這也是比賽～」

尤其海與天海同學玩得很開心，真是再好不過。兩人似乎都是由衷歡笑，令人難以想像大概半年前，她們的關係暫時有過裂痕。

……如果是在我跟海變成「朋友」以前，想必這是很常見的光景。

「前原同學？你在想什麼事情嗎？」

「二取同學……是啊，想很多事情。」

我正從後面看著海與天海同學玩競速遊戲玩得起勁，身旁的二取同學就來找我說話。

以前她（與北条同學）對海犯下的過錯成了導火線，讓她們與海變得相當疏遠，但她們和海也同樣堪稱「好朋友」。

「這個，該說有些時候，我會忍不住去想嗎……想著搞不好，我做出了虧欠海和天海同學的事情。」

「唔。你的意思是指自己搶走了她們兩人相處的時間……之類的？」

「啊，是……真虧妳猜得到。」

「啊哈哈……畢竟我也不是沒有類似的情形。」

「……說來的確是這樣呢。」

仔細想想，她們先前一直像「好朋友」一樣來往的海，也曾被新來的天海同學搶走。

兩人雖然立場相反，但境遇很相像。

「坦白說，我起初也在嫉妒小夕。覺得明明我們一直跟小海很要好，但轉眼間她就超越了我們。不過就連我們也馬上被小夕的魅力迷住，結果事情弄成那樣……對不起，前原同學。都是我們害的。」

「這件事就讓它過去吧，海都原諒妳們了。」

她對我低頭低到像是隨時都要下跪磕頭，所以對於說謊騙海而傷害到她的那件事，多半有了深刻反省吧。

而她也有好好付出代價。

「……那麼我們拉回正題。前原同學會這樣想，這種心情我也能夠理解。畢竟她們兩個在一起，就真的顯得好開心。她們太要好了，連我們都會遲疑著該不該參與其中。」

「果然二取同學也這麼想嗎？」

「當然。只是我們兩個處在被搶走小海的立場，立場和前原同學相反……不過前原同學，這麼說是有點難聽，不過你可真是好福氣耶？」

「真……真不好意思……」

如果把現在的狀態，代入以前的海他們之間的關係，那就是【以前的天海同學＝我】【以前的二取同學＝天海同學】，所以這樣一想，也許真的就如二取同學所說。

然而這樣一說開，就覺得二取同學施加的壓力好強烈。

……我身邊的女生們都一樣，一旦惹火她們就好可怕……不，大家都是有著自己主見的人，非常棒。

「呵呵，開玩笑的。總之她們兩個從以前就是那樣，但無論我還是茉奈佳，都覺得那樣有那樣的開心。看著小海跟小夕，就覺得連我們都跟著開心起來，能得到活力……雖然只是猜測，我想小夕看著小海跟前原同學的相處，一定也跟我們是一樣的心情吧？」

「天海同學，看著我們……」

「是。朋友的幸福，就是自己的幸福……這樣說不知道貼不貼切？的確，以往要好的人遠離自己，是會覺得寂寞……可是我現在會覺得朋友的幸福才是最重要的。小海生日會的時候，我忽然間好奇起來，看著小夕……結果她臉上一直掛著好溫柔的笑容。」

當時我滿腦子只想著要送禮物給海，沒有餘力去顧及其他人。

我本來以為天海同學會揶揄我跟海的感情，尋我們開心，這當中也包含了對我獨占海的嫉妒。

「……如何？有沒有一點參考價值呢？」

「是，怎麼說，算是有吧。」

「那太好了。」

我跟二取同學談完之後，再度將視線拉回競速遊戲的畫面。

「唉～輸掉了～！海，再來一場！再比一場就好～！」

「真拿妳沒辦法啊……畢竟這樣對大家也不好意思，只能再一場喔？」

「嗯。嘻嘻，我最喜歡海了。」

「妳、妳喔！遊戲就快要開始了，不要撲過來抱人……真是的。」

看到「女朋友」和「朋友」一如往常的互動，我不由得笑逐顏開。

朋友的幸福，就是自己的幸福。

……我認為這是很棒的事。

我們玩了一輪遊戲，心情和錢包都輕了好多之後，來到一款機台前做為今天的結尾。

四個女生，以及一個男生，站在大頭貼機台前。

天海同學提議拍來當今天五個人齊聚一堂的紀念。

「啊，大家看，前面的那些人好像拍完了，我們進去吧進去吧！來，真樹同學也來！不要客氣！」

「這個……我還是在外面等就好，之後妳們四個人慢慢敘敘舊……」

「真樹，過來。」

「……好。」

我還是想逃避，結果被海逮住，沒戲唱了。

早想到光是陪四個女生出來，多半會自然而然變成這樣……但只有我覺得突兀感有夠強烈嗎？

「喔？現在的機台是這樣啊。我已經好久沒拍大頭貼，進化了不少嘛。」

「欸，可以讓我們選很多不同種類嗎～？」

「嗯！麻煩選感覺好的！」

「雖然夕拍什麼都會變得感覺很好啦。」

我完全是大頭貼的初學者，所以只能遵從她們四人嘰嘰喳喳做出的決定。

根據語音導覽選擇相框等條件，然後先拍照。

眼前這個場合的主角，是我以外的四個人，所以我先挪到邊邊——我是這麼打算，但莫名在不知不覺間，就被推到四個人的正中央。

「請問～……各位，我可以請求說明嗎？」

「因為這樣一定比較有意思啊。大家說對嗎？」

「「「嗯。」」」

天海同學的意見得到其他三人一致贊同，所以是四比一。既然是投票決定，那就沒有辦法，我待在海與天海同學中間，二取同學與北条同學分別站在我們兩側，就這麼決定了畫面的安排。

——三、二、一。

聽見啪擦一聲，怎麼看都覺得會被大家誤會的後宮照片大大顯示在畫面上。

彷彿事先說好似的，曾經的橘女子要好四人組，都伸手指著我有點緊張的臉。

為什麼會變成這樣。

「嘿嘿，大家都拍得好可愛，最新機種真不是蓋的。」

「夕，拍都拍了，要不要隨便修修圖？像是把真樹的皮膚弄白，或是把真樹的眼睛弄得像女生一樣大。」

「為什麼只修我啦……」

「呵呵，這些可能也挺不錯的……可是這次我們就不修圖了吧。畢竟我想當成紀念留下來。」

「……是喔。那就只加上今天的日期和名字這些簡單的標記吧。」

我們在拍好的照片上用機台備有的筆，記上各自的名字。

正好將四人以及我納入可愛的相框。

以滿載各種可玩功能的大頭貼機台來說，我們完成的照片相當單純，但如果是這樣，以後看也不會太難為情吧。

這對我來說，也是新紀錄之一。

「嗯～雖然今天發生了很多事情，但能像這樣跟大家一起玩，我好開心～！紗那繪和茉奈佳也是，今天謝謝妳們喔！」

「不會。好久沒有四個人都到齊，我也覺得很棒。」

「我也是～雖然社團還有才藝班弄得很忙，但又可以一起玩，我好開心喔～」

「她們這麼說呢。海，希望我們下次也可以這樣一起玩吧？」

「……嗯。」

雖然她們四人的交情一度破裂，但以往積累起來的回憶與記憶並非就此全部消失。

我認為的確有錯。

可是，既然還有著哪怕一點點從頭來過的可能性，而且她自己也這麼希望。

看著欣賞剛拍好的大頭貼而獨自微笑的海，再次體認到建議和好的這個選擇沒有錯。

我們再次為今天的事情向泳未學姊道謝，離開遊樂場後各自踏上歸途。

有練習，有對決，還有小小的爭端，還順便不合自己作風地做了很青春的事。

發生這麼多事情，讓我覺得累了，但不能忘記今天還是平日。

離週末還有一小段路。所以得再努力一下才行。

「那我和茉奈佳就先走了。小夕，小海，再見了。」

「前原同學也改天見～」

「嗯。再見。」

二取同學她們今後也打算要練習，所以多半就在不久的將來還會再見到面。

今天由於時間上的問題，只練了一下子，但下次說要好好練習，所以我得先做好覺悟才行。我們在回程的電車上說過，我們兩人平常進行的自主練習菜單會請她們陪同。

……希望我的心臟萬萬不要練到一半就爆炸。

「我們也走吧。海，如果不介意，我送妳回家。」

「謝謝。既然你這麼說，我就恭敬不如從命吧。」

似乎是只剩平常的成員，海不再需要客氣撒嬌似的抱住我的手臂。傍晚過了，四周已經有些昏暗。非常適合和情人暗中打情罵俏。

「哎呀呀，那我也得先走一步了。畢竟如果我夾在中間太煩人，你們兩個也沒辦法專心吧。」

「又在奇怪的地方客氣……都這麼晚了，一起回去也無所謂。」

「不，剛剛我跟媽媽聯絡，結果她說爸爸的車正好就在附近，要我搭爸爸的車回家。」

「伯父？欸，如果不介意，我可以久違地去跟伯父打聲招呼嗎？畢竟生日會那次，最後也沒能見到。」

「找我爸爸？嗯，好啊。真樹同學要怎麼辦？」

「呃……」

那我找個地方隨便消磨時間，結束之後叫我……我從身旁可愛的女友身上感受到強烈的「壓力」，讓我實在說不出這樣的話。

「……那我也去。」

天海同學的父親。我是第一次見，但趁早先了解一下他是什麼樣的人可能比較好。

「知道了。那麼我們三個人一起再等一會兒吧。」

我們在車站入口附近等了五分鐘左右，就看到一輛白色汽車開到我們三人身旁。副駕駛座的車窗打開，靠裡面的駕駛座上坐著一個戴銀框眼鏡，表情正經的人。

「爸爸，你回來啦。工作辛苦了。」

「我回來了，夕。妳媽媽突然打電話給我，我還以為怎麼了呢。」

「嘻嘻。我們回家路上玩得太開心，弄得有點晚了。」

「不好意思，伯父。本來我們是打算更早一點回家……啊，好久不見。」

「小海，好久不見。其實我應該在妳生日會上直接幫妳慶生，但不巧有一趟排不開的出差……還有，這邊這位男生該不會就是——」

「啊，是。我是前原真樹。平常承蒙天海同……夕同學照顧了。」

「不用那麼拘謹。我常聽內人和小女提起你，所以也想好好跟你見一面。我才要說小女夕平常都承蒙你照顧了。我是她的父親天海隼人。」

雖然是突如其來的會面，但隼人伯父絲毫沒有不悅的表情，平靜地聽我們說話。

我們帶他的寶貝女兒玩到這麼晚，我還覺悟到有可能會挨罵……但無論是海的父親大地伯父也好，天海同學的父親隼人伯父也罷，我身邊有很多和善的大人，實在非常幸運。

「如果你們也要回家，不介意的話要不要連你們也一起送呢？前原同學家也在同一個方向吧？」

「是的。可是我們用走就好。畢竟花不了太多時間，而且，就是我跟海約好要兩個人一起回去了。對吧，海。」

「……嗯。」

「啊啊……原來。嗯，那就沒辦法了。」

隼人伯父看著我跟海十指牢牢交握的模樣，很乾脆地不再堅持。

他不特意追問我們的關係，而且觀察也很敏銳……天海同學的父親真不是白當的。

真希望在他身旁發出「嘻嘻～」的笑聲，看著我們取樂的女兒也能多少向他看齊。

「那麼，我們就失陪了。夕，安全帶要繫好。」

「海，真樹同學，拜拜。明天學校見！」

「夕，不要賴床，別給伯父伯母添麻煩喔。」

「天海同學，明天見。」

我們與彷彿恨不得從車窗探出上半身揮手的天海同學道別，總算能夠獨處。

和天海同學以及二取同學、北条同學她們會合一起玩的確很開心，我個人也覺得這樣很好。

……但如果可以任性要求，我也許希望能再多點跟海單獨嬉鬧的時間。

「海，我們走吧。」

「嗯。」

我們在有路燈照亮的路上並肩走著。

即使是這個季節，到了晚上還是會覺得冷。

為了避免感冒，我們得緊緊貼在一起取暖。

「真樹，今天辛苦你了。坦白說很累吧？」

「嗯，我是盡可能不表現在臉上，但坦白說，到了大頭貼那時候就挺接近極限了。」

天海同學她們在場時，我心想不能讓她們操心，於是努力裝作平靜，但等到和荒江同學他們的那番風波結束，心情上覺得自己的一天已經結束。

如果只是玩就還好，但這次中間還夾著麻煩事，所以疲勞感是平常的兩倍以上——我想大概跟第一天剛打完工時差不多累。

「這樣啊。真樹，你好努力喔。」

「嗯。我好努力。海，稱讚我。」

「好喔。很棒很棒，很乖。真樹，你好帥氣。」

其實我是想撲進海的懷裡盡情撒嬌，不過我們還在回家路上，所以暫時只先讓她摸摸我的頭將就。

「……欸，真樹。」

「嗯？」

「對不起喔。那個時候我做了不像是我會做的事情。」

「妳是指跟荒江同學的事？」

「…………」

海點了點頭。

海說得沒錯，她在那個時機說出那樣的話，的確出乎我意料之外。荒江同學的情形，海已經從我和天海同學口中聽過，所以當然應該也知道她的反應會是那樣。

海是明知會這樣，仍然故意這麼做。

「可是被她說成那樣，我還是沒辦法不吭聲。如果只有我被說就算了，但她還把矛頭指向大家……夕努力耐著性子跟她說話，但我辦不到。我實在沒辦法跟那個人交好。我不是想說這種話，可是……該說是生理上就辦不到嗎？」

她說出了這種明白拒絕的話。以往海表面上跟任何人都有交流，她會說到這個地步真的很罕見。

也就是說，海在學校也要這麼對待她。

跟海熟稔以後，不，多半在這之前，也沒聽過她背地裡這麼說別人。

「唔！……啊，抱歉，我又做了不像是我會做的事情？」

「會嗎？我反而覺得看到平常的海，覺得放心。」

「咦？」

可是對我來說，倒也不那麼吃驚。

「因為海就不是完美的女生吧？雖然在學校不會展現給大家看，但其實很任性，愛吃醋，還有偶爾說話不中聽。然後挺會三兩下就動手動腳。是個正常的女生。」

「這真的正常嗎？還有我會動手動腳都是真樹不好，不是我害的。」

「另外追加一項，動不動就怪別人。」

「……你好壞。」

海這麼說完，以朝我胸口使出頭錘似的動作向我撒嬌。

她在除了我以外的人面前，很難展現這一面，但朝凪海並非全面品行端正，每個人都有的人性骯髒一面，她也都有。

會像今天這樣對別人生氣而口出惡言，還會做出忍耐不住而找碴的事情。也會在背地裡說別人壞話。

「總之我想說，海不管什麼時候，都沒有什麼『不像妳的作風』。在學校模範生模式的海也『很像海』，像這樣找我抱怨，覺得不像自己而陷入自我厭惡，也都很像海的作風。」

「也就是說，我做的事情全都很像我。這樣對嗎？」

「差不多就是這樣吧。」

也許這麼想的人只有我，除了我以外的人都會說「不像海」。

若說模範生「朝凪海」終究只是她用來遮掩自己本性的面具，像這樣展現給我看的模樣才是她的真面目。

那麼，這遮掩本性的面具，究竟是從哪裡跑出來的呢？

用來遮掩內在的面具，絕對不是從外界抓來的。是從她心中長大的一種「骯髒的部分不應該太常讓人看到」的意識當中誕生的——也就是說，這面具也是形成海這個人的重要拼圖……我是這麼認為。

所以包括海的這一切在內，我都很珍惜。

……雖然說這種話很難為情，我實在很難好好說出口。

「海，耳朵借我一下。」

「嗯？好。」

「——」

我用力抱緊海，在她耳邊用只有她聽得見的音量輕聲細語。

我覺得自己開門見山地說了很裝模作樣的話，想遮掩迅速發熱的臉頰，抱緊她的雙臂更加用力。

結果海也回應我，伸手繞到我背後，讓我們貼得更緊。

「真是的，真樹笨蛋。你最近有點過分喔……太喜歡我了。」

「有……有什麼不好嘛。我們是男女朋友啊。」

「可是再怎麼說你也太過肯定我的全部了。被你這樣對待，我會變成一個愈來愈糟糕的傢伙。」

「這也挺好的吧？那樣就會跟我正好相配，我歡迎得很。」

「……你真的是笨蛋。」

海手臂的力道放鬆，轉而讓幾乎所有體重都靠向我，彷彿要將一切都交給我。

「既然……既然你說到這種地步，那你以後也要一直支持我喔？因為我大概沒有真樹的話，自己一個人站不起來了。」

「當然。我們兩個人，一直都在一起。」

「那～揹我。」

「咦？什麼時候變成在說物理上的支持了？」

「怎樣啦～剛剛才說要支持我～真樹是騙子，笨蛋。」

「不，那是指精神上……」

被海的任性牽著走還挺辛苦的，但連這點都讓我覺得憐惜，所以沒有辦法。

入夜後不再有人行走的鄉間小路上，只有我跟海相視嘻笑的聲音四處繚繞。

也因為發生昨天的事，天海同學那隊的氣氛變得愈來愈不好。又因為我幫忙打圓場，海的隊伍比平常更努力練習。讓兩隊的差距變得明顯的事情，立刻就在翌日發生了。

午休時間過後，第五堂課是體育課。

按照計畫，在班際比賽的正式比賽前不會上平常的課，而是練習各自參加的項目。

我參加壘球，海打籃球。因此本來練習場地應該不同，分別前往運動場和體育館。

「……雨，下不停啊。」

我看著灰濛濛的天空斷斷續續落下的雨水，喃喃說著。

也因為正處於天氣多變的季節，今天和昨天不同，從早上就下著冰冷的雨。

我聽擔任體育委員的同學正式宣布，今天男女生都要在體育館集合。

『（朝凪）真樹，我們久違地要一起上課了呢。』

『（前原）是啊。』

『（前原）說是一起，練習本身還是男女生分開，所以也只能遠遠相望了。』

『（朝凪）你看著我就已經夠了。』

「（朝凪）啊，如果到時候要跟夕的隊伍打練習賽，你可要好好為我加油喔。」

「（前原）不用擔心。雖然我不會喊出來，但在心中我會好好為妳祈禱。」

「（朝凪）嘻嘻，好。」

「（朝凪）畢竟你承諾過要支持我嘛。」

「（前原）是這樣沒錯，但聽妳這樣一說，就覺得聽起來好像很沉重。」

「（朝凪）開玩笑的。真是的，你這麼當真，我反而要傷腦筋了。」

海嘴上這麼說，但似乎是昨天的事情讓她很開心，從今天早上就一直是這樣。

這也是我的話對海而言很靠得住的證明，所以也表示我得到海更進一步的信任，站在我的立場是很開心，可是……就算昨天氣氛再怎麼好，我還是耍帥過頭了。

……即使現在回想起來還是很難為情。

「（朝凪）那我得換衣服，先過去了。」

「（前原）嗯。體育館見。」

照這情形看來，相信她在練習時也會表現很好吧。海有幹勁，當然也就會影響到其他隊友，所以對我們班來說，多半會變成相當難纏的強敵。

那麼至於要迎戰海她們十一班隊的天海同學這隊——

「…………」

「…………」

這邊的氣氛則是前所未有得糟。

也因為有過昨天的衝突，我本以為對那次道歉做出「日後再談」這個判斷，她也會找我講些什麼，但當事人荒江同學倒也並未做出瞪我或天海同學之類的事，就只是靜靜坐在自己座位上顯得無聊。

雖然說是靜靜坐著，但她只是完全無視我們，散發出危險氣氛這點並沒有變。

「天海同學，我們也差不多該過去了。」

「啊，嗯。不快一點，更衣室就會很擠。」

聽其他同學催促，天海同學也走出教室，但視線一直擔心地看著荒江同學。

我這才想起，不知道天海同學對於昨天的事情是怎麼想的。

昨天也因為我跟海先對荒江同學抗議，天海同學一直處在退讓一步的角度擔心我們，但我們絕對不是替她代言了心情。

她會繼續不厭其煩地對話，還是也會在這裡停損，彼此完全拉開距離，只停在最低限度必須保持的關係呢？

我的重心始終是在海這一邊……但身為同班同學，身為朋友，我還是會擔心天海同學。

……雖然知道這是多管閒事。

我立刻拿出手機，對一個人發了訊息。

『（前原） 新田同學，可以打擾一下嗎？』

『（新奈） 嗯喔？』

『（新奈） 委員長會發訊息給我，還真稀奇。怎麼了？該不會要搭訕我？』

『（前原） 不，是午休時間說過的那件事後續。』

『（新奈） 你好歹也慌張否定一下吧，很不捧場耶。』

『（新奈） 好吧，什麼事？』

『（新奈） 是不方便用群聊說的事情吧？』

『（前原） 是啦，是這樣。』

『（前原） 雖然晚點我會跟海說。』

『（新奈） 你們也還是老樣子啊。那是什麼事？』

『（新奈） 算你欠我一次，我就只先聽聽你說什麼。』

『（前原） 謝啦。』

就這樣，決定拜託我們當中唯一並未牽扯到這件事的新田同學，照看一下天海同學。

她和荒江同學有一定程度的交情，和女生圈子也普遍都有來往，相信她一定能幫上忙。

雖然她說算是欠她一次，讓我對之後要怎麼還多少有些不安。

眼前就先做好覺悟要請吃家庭餐廳以及披薩的外賣。

『（新奈）原來啊。目前是先觀望，但如果情形不妙，我會不著痕跡地打打圓場。』

『（新奈）雖然我懶。』

『（前原）對不起。』

『（前原）因為我不太認識這種時候可以依靠的人。』

『（新奈）我想也是吧。雖然我也想不到幾個。』

『（前原）這樣啊？好意外。』

『（新奈）不，沒什麼好意外，這樣才正常吧，一般來說。』

『（新奈）委員長運氣真好，身邊都是些好人。』

『（前原）這點我很感謝。』

『（新奈）真的嗎？』

『（新奈）不過算了。要開始上課了，就這麼辦。』

『（前原）嗯，謝謝。』

『（新奈）好喔。』

『（新奈）　啊，還有最後我要把話說在前面，今後你最好不要太常做這種事。』

『（新奈）　我想是因人而異，但很多女生知道男朋友和自己以外的異性偷偷聯絡，還是會感到不快。就算要報告，事後才報告也不好。』

『（前原）　妳的意思是說，即使有理由也不例外？』

『（新奈）　不例外。雖然說是有理由，那也只是委員長自己這麼想，對朝凪來說不是這樣。』

『（新奈）　啊，我說了朝凪。』

『（新奈）　抱歉，剛剛的剪掉。』

『（前原）　是不用剪掉啦……可是，對喔，這樣啊。』

『（前原）　以後我會小心。』

『（新奈）　嗯～』

我們是透過手機聯絡，所以不容易察覺，但剛剛那段對話，到頭來也無異於瞞著女朋友和對方單獨交談。

雖然也許是顧慮太多，但要讓海完全放心，多半是做到這種地步才算剛好。

「……總之先簡單跟海報告一下吧。」

我把跟新田同學商量的這件事發到海的手機，然後晚了海一步前往體育館。

和情人相處，以及和朋友相處。

看似明白，但我果然還是有很多事情不懂。

從室內鞋換成體育館用的鞋子，走進室內一看，已經分成男女生在兩個球場各占一半，開始練習。

從老師們也一起準備的用具看來，似乎是男生打排球，女生打籃球。

在體育館正中央拉起的網子另一頭，女生們各自朝自己的籃框投籃。

至於我……我沒有要打排球，所以就貫徹撿球的工作吧。

練習前要各自拉筋，所以我就在球場的角落，獨自默默拉開僵硬的關節與肌肉。忽然間，傳來男生們的竊竊私語。

……

我不想聽詳細內容，所以立刻離開，但似乎是看到天海同學練習投籃而說了些什麼。

像是胸部好猛諸如之類的。

由於接下來會有激烈運動，現在天海同學脫掉了運動外套，只穿著體育服的上衣。

上衣的左胸上方用代表二年級生的藍色繡有校徽。從衣領的縫隙間看得見有穿襯衣，所以似乎並不是透出內衣……

不過該怎麼說呢，看著天海同學練習的光景，馬上就知道是哪裡好猛了。

「——哎呀，好搖喔。是什麼好搖就不說了。」

「……這句話是在對我說嗎？」

「周圍除了你還有誰？」

「……是沒有。」

「哎呀，如果讓你不高興，對不起喔。如果有空要不要聊一下？」

也不知道是什麼時候靠過來的。中村同學在我身旁一邊拉筋，一邊說出沒神經的發言。

「真是的，平常分開上課也就算了，像這樣一起上課就立刻盯著女生的身體看，品頭論足的，實在讓我覺得男生是很蠢的人種啊。雖然我不會說到齷齪這麼誇張，但思考也太被下半身支配了吧。」

「就是啊。雖然我也大同小異啦。」

「會嗎？我倒是覺得你比起其他人，身為男性算是比較有分寸的了……啊啊，不，你的情形不是有分寸，就只是沉迷在海胸裡嗎？這下失禮了。」

「海……海什麼……？」

這種描述方式非常獨特，但中村同學是針對什麼而這樣描述，我大概猜到了，所以就不特意吐槽了。

雖然似乎已經被中村同學發現，我看的主要不是天海同學，而是在天海同學對面的球場上練習投籃的海。

……說來像是找藉口，但我終究是看海的整體，不是像其他同班同學那樣只看一部分。

但我的目光不由自主地停在上面也是事實，從這個角度來看，我也是「很蠢的人種」。

「像這樣站在旁邊就很明顯，中村同學，妳好高啊。妳國中的時候有練些什麼嗎？」

「沒有，我是個喜歡推理，極為平凡的文藝少女。可是我莫名的體格很好，所以在這種活動上就會很搶手。我本來遲疑著該選排球還是籃球，但這次抵擋不住海胸的魅力。」

「……我說啊，我可不吐槽。」

「喔？遺憾。」

中村同學哈哈大笑，拿下原本戴著的黑框眼鏡。

我的注意力被她造型樸素的鏡框與很有個性的言行吸引，所以並未意識到，但像這樣就近一看，就發現她的面孔很有英氣。

嚴格說來是偏中性，容貌像是受同性歡迎甚於異性。

「好了，就這樣，我也差不多該走了。接下來要打比賽，但是前原同學，你可要好好為心愛的小朝加油喔。」

「那當然……可是就班際比賽來說，她們是敵手，所以這就讓我有點煩惱。」

「會嗎？不用煩惱吧？雖說是同班，但我覺得為那樣的隊伍加油，也只會累積不滿。」

「咦？」

「好了，就這麼回事。」

中村同學哼哼笑了兩聲，走向有海等其他四名成員等候的球場。
「喂喂，中村，妳跟前原氏到底在說些什麼？」
「澪，就因為妳和前原同學聊得似乎開心，我們王牌的投籃準度都降低了耶？對吧，朝凪同學？」
「……沒……沒有！我又沒怎樣，而且，我，這個，信任他……」
「喂，大家，小朝果然好可愛啊！」
「「「我懂。」」」
「真……真是的，妳們都是笨蛋……」
連我這邊都聽得一清二楚，所以我也跟著害臊起來，總之怎麼想都覺得她們的團隊合作會很棒。
相對的。
「我……我說啊，荒江同學。」
「……什麼事？」
「雖然昨天事情弄成那樣，但是，這個，今天要麻煩妳嘍。我也會卯足全力，我們一起加油吧？」
「…………」
「嗯？我說，荒江同——」

「囉唆，別跟我說話。」

「唔……」

站在天海同學這邊的四個人就先不說，荒江同學從準備運動階段，就一直獨自離群行動，目前完全是一副無從搭話的狀態。

「算了啦，天海同學。」

「就別管那種人了，我們四個人儘量加油吧。」

「天海同學，要靠妳了。」

至於不知道昨天發生什麼事情的其他三人，對於始終不想融入球隊的荒江同學，都不掩飾她們的不滿。

為那樣的隊伍加油也只會累積不滿，是嗎？

「……是這樣沒錯，可是被別班的人這麼說，總有點懊惱啊……」

也許中村同學的確沒說錯，但既然天海同學也在這支隊伍裡，我就是沒辦法輕易地置之不理。

就目前情形看來，天海同學的隊伍將要和海的隊伍進行練習賽，不知情形會如何發展。

在兩班同學的環視之下，雙方的代表隊——十班A隊對十一班A隊的比賽即將開始。

班際比賽按照校方訂的規定，女生的比賽時間是上半場十分鐘與下半場十分鐘，合計二十分鐘。小組賽是比賽結束時同分就算平手（淘汰賽則有延長賽），其他則是直接套用現在一般籃球賽採用的規則。

賽前海的隊伍非常投入，圍成了一圈。

「好～大家，雖然今天只不過是預演，不過我們和對方在正式比賽也會碰上，既然要打，我們就要爭取勝利。」

「中村，為什麼是妳在出頭啦？這種事情明明是隊長的工作。對吧，小朝？」

「沒有規定要由隊長來做啦……不過也好，如果大家不嫌棄。」

海這麼說完，閉上眼睛深呼吸一口氣。

雖然是有過節的對手，但她目前看來很鎮定，這就再好不過。

「——大家，我們要贏。十一班，加油！」

「「「喔～！」」」

當這媲美正式比賽的帶勁喊聲響徹整間體育館，就聽到十一班的女生們也出聲加油。

海的班上女生比例很高，所以她們得到的加油聲也必然比較多。

從這情形看來，天海同學也想讓自己這隊圍成一圈，朝著隊友們以眼神示意，但有一個人完全不予理會，所以似乎放棄了。

在老師的哨聲下，所有球員來到球場正中央。

作為隊長的海與天海同學四目相對。

「海，我想妳也知道，不用手下留情。那樣沒意思。」

「那當然。不過我一點都不覺得對上夕還可以掉以輕心。」

兩人牢牢握手，終於要進行開賽的跳球。

「中村同學，可以照原訂計畫拜託妳嗎？」

「包在我身上。這是我好好利用我這大個子的絕佳機會。」

十一班跳球的是五個人當中身高最高的中村同學。這樣看起來，海在五個人當中是第二矮。平均身高也是海這隊占優勢。

「呃，我們要怎麼辦？我們當中是荒江同學身高最高啦……」

「……天海去跳吧。我就免了。」

「那就這樣做吧。」

相對的，我們班是讓天海同學去跳，她和中村同學相比，身高差距大概有十公分吧。就像中村同學自己說的，還有人找她去打排球，她的手臂也相當長，所以整體的差距應該還要更大。

然而，贏下開場跳球的人卻是天海同學。

「嗚，好……好高……！」

「——嗯嗯！」

我想中村同學的跳躍也絕對不差，但天海同學的跳躍力更勝一籌。

天海同學不把對方的身高和臂展長度當一回事，贏下了跳球，將球撥向自己隊。

她的運動神經讓周遭發出讚嘆。

彈跳的球一路飛向荒江同學。

「……唉。」

本以為她會無視球，但她雖然一臉嫌麻煩的模樣，卻將彈跳過去的球接住，順勢以緩慢的節奏運球，慢慢走向敵方。

「荒江同學！」

「好啦，我還是會打。畢竟摸魚多半又會把事情弄得麻煩。」

「……嗯。現在這樣就夠了，謝謝妳。」

「……煩。」

她還是一樣口出惡言，但光是並未放棄打球，就已經夠了吧。

只是話說回來，她似乎也打得不怎麼積極。

「傳球。」

「啊，嗯……嗯。」

荒江同學只是把球往前帶了一小段，就立刻把球回傳給天海同學。我們班這隊的王牌是天海同學，所以盡可能把球給她倒也沒有錯。

（荒江同學……處理球的技術似乎很高竿。）

我只是看了一眼，所以說不上來，但無論是剛才的運球，還是傳給天海同學的球，一舉一動都似乎非常嫻熟。而她傳給天海同學的球也精準飛向最好接的胸前。

這才想起昨天她干擾天海同學投籃時，似乎也是有意識地精準把球砸過來。雖然也可能只是碰巧，但外行人隨手亂扔，打中的可能性應該極低。

搞不好她在國中時代或是更早以前打過籃球？

不過只要看下去，應該就會知道吧。

「抱歉，小朝，球被撥走了。」

「別在意。我們搶回來吧。」

「嗯，ＯＫ。」

海立刻對中村同學這麼說，隨即和大家一起就防守位置。

目前似乎是以一對一盯人的方式防守……但對位的組合卻令人意外。

「呵呵，午安。夕胸……更正，我是說小天。我常聽小朝提到妳喔。我是中村澪，請多指教。」

「妳好，中村同學。我是海的好朋友天海。呃，倒是剛才妳打算叫我什麼？」

「啊啊。剛剛只是講話講到一半有點吃螺絲，別放在心上。」

我仔細聽她們說話，就聽見中村同學又多嘴想亂說話。

就如剛才那些男生所說，天海同學的「那邊」確實比海更醒目，可是……因為中村同學說了奇怪的話，總覺得我從剛剛就一直在想胸部。這樣不好。

不過先不說她們，問題是剩下的另一組人。

「…………」

「…………」

海的鞋子發出磨擦的聲音，跑來盯防荒江同學。

「妳是怎樣？」

「沒怎樣。」

兩人只各說了一句話，隨即互相撇開視線，維持不即不離的距離。

考量到荒江同學的個性，她這樣的應對還挺正常發揮，但畢竟昨天才起過衝突，讓我不由得內心直冒冷汗。

但願雙方不會變得太火爆，在防守以外的時候也有動作。

「啊啊，真的是一個個都這樣……」

「嗯？荒江同學。」

「天海，這邊。」

如此說道的荒江同學朝天海同學動了動食指。

意思大概是在要球吧。

天海同學瞬間察覺她的意圖，雖然傻眼，仍照她的要求傳球。

「哼～多少有點想打了？」

「也沒有。」

「是嗎？」

荒江同學還是一樣以直立的姿勢持球，海的手迅速伸了過去。

本以為海能抓準她一瞬間動作的空檔抄截成功，但理應碰到球的右手卻沒碰到球。

「唔！」

海伸手抄球的同時，荒江同學彷彿在嘲笑她，將球繞到背後躲過，順勢往前帶球切入籃下。

先前完全不展現鬥志的人，做出這出人意表的表現，讓球場上所有人的動作都停住了。

「……好啦。」

她輕易地甩掉海的防守，有了空檔便順勢投籃。

不是上籃，也不是正常的籃下投籃，姿勢顯得很沒勁。

然而球卻漂亮地被吸進籃框。

「好……好厲害。」

球場上有人發出了這樣的聲音。從嗓音聽來多半是天海同學，但無論我，還是在球場外看著比賽的其他人都嚇了一跳，沒有餘力看清楚這句話是誰說的。

球在籃框正下方彈跳，荒江同學轉身看著海低聲說道：

「遜斃了。」

彷彿在模仿昨天海的口氣。彷彿在以牙還牙。

她自己什麼都不說，但肯定練過籃球。

而且還是好好努力過的類型。

「……之前妳都在隱藏實力啊。」

「也沒有。」

荒江同學朝著顯得懊惱的海一瞥，慢慢走回自己的隊伍。

「好……好厲害好厲害！荒江同學，妳練過籃球？既然這樣，早說不就好了！」

「……我沒必要跟妳說吧。」

「也許是這樣沒錯啦……可是，剛剛那球好厲害！好帥氣！」

「啊，是喔。」

這算是某種不會讀空氣的個人招式，但就在幾乎所有隊友都不知所措的當下，天海同學仍然坦率地讚賞她。

從先前兩人的關係來看，這種時候要坦率讚賞應該相當難，但這種時候該說果然天海同學就是這種個性，還是該說這是她的本性呢？

總之，這樣就是十班搶先得分了。

「別在意，小朝。剛剛那是對手技術好。」

「竟然練過籃球啊。下一波我們要討回來。」

「嗯，就是啊。」

海雖然被荒江同學那出人意表的技術震懾，但有隊友們的聲援，很快就恢復了鎮定。天海同學這隊在技術上占優勢，海這隊則靠團隊合作來彌補不足的部分。

比賽才剛開始。

4. 夕與渚

海所率領的十一班隊想振作起來展開反擊，但之後比賽也繼續照十班的步調走。

海等人雖然沒有天海同學或荒江同學這種突出的個人技術，但仍試著靠團隊合作取分。然而荒江同學以外的隊友似乎也好好練習過，讓她們遲遲無法把球帶到籃下。

「唔……這也許真的有點難纏。」

「小玖，傳回來。過多衝撞會被吹犯規的。」

「啊，嗯！」

「謝謝……雖然遠了點，但畢竟就快要二十四秒了……嘿！」

在進攻時間即將用完之際，海從三分線外出手，但似乎是距離實在太遠，球碰到籃框外側，輕易彈開。

「中村同學，涼子同學，麻煩搶籃板！」

呼應海的呼喊，迅速進入籃下的中村同學與早川同學跳了起來，但有隻白嫩的手完全不把她們當一回事，輕而易舉地伸過來撈走了球。

「——球我要了！」

「嗚，小天，又是妳嗎……」

「對不起喔，中村同學，可是這也是比賽。」

天海同學牢牢接住球，搶下了球權，立刻朝球場前方傳球。

「荒江同學！」

荒江同學似乎是趁大家的注意力都集中在籃板球的時候邁出了腳步，人已經在超過中場線的位置。天海同學的球朝她直直傳了過去。

「這次一定要……！」

海雖然晚了一瞬間，但在爭搶籃板的同時也一直在提防快攻，回到了己方半場防守。

雖是打快攻，但荒江同學慢慢帶球。海一追上她，兩人就像重現剛才的情景，再度展開對峙。

「下次可沒這麼容易被妳給過了。」

「……啊，是喔。不過我也根本沒打算過妳就是了。」

「啥？」

「……三分球是這樣投的。」

荒江同學說完，當場迅速起跳，朝籃框投出的球劃出弧線。

和先前沒有幹勁的投籃姿勢判若兩人，是一次教科書級的投籃。

海也立刻伸手跳躍想封蓋這球，但由於她提防著先前的切入，反應還是慢了，沒能碰到球。

「大家，籃板——」

——唰。

海立刻呼喊，但一句話尚未喊完，荒江同學投出的球便乾脆地落入籃框之中。

荒江同學彷彿故意要給剛才沒投進的海好看，慢慢放下手，仍然以挑釁的口氣小聲說了一句：

「……遜斃了。」

「妳這傢伙……」

彷彿要對昨天的事情還以顏色，第二次說出「遜斃了」。

荒江同學果然也對日前海的言行相當記恨。

海被她予取予求，不免咬緊了嘴唇懊惱。

上半場的十分鐘，始終以這樣的局勢進行。

當然海這隊也團結一致來取分，但天海同學她們氣勢正旺，以更順利的步調得分。

當分差來到二位數的十分時，宣告上半場結束的哨聲正好響起。

接下來休息兩、三分鐘後，立刻就要開始下半場。

她們能在短時間內調適過來嗎？

（海被打得挺慘的，不知道她要不要緊……）

雖說是練習賽，但仍然是想定為班際比賽正式對決而打的比賽，所以本來我應該要去天海同學這隊才對。

但我還是擔心，於是悄悄靠近十一班的球隊，偷聽她們的情形。

她們五個人聚在一起悄聲說話，是在開作戰會議嗎？

「……那麼妳跟前原氏發展到哪一步了？」

「你們是男女朋友，總該啾過了吧？」

「已經和雙方的爸媽，這個，打過招呼了嗎……」

「應該說婚禮幾時辦？高中畢業後馬上辦？反正你們一定會在學生時期就結婚吧？」

「為……為什麼都在說這種事情啦……」

不知道是不是作戰會議已經結束了，當我聽到她們五人說話時，話題已經與籃球南轅北轍。

前幾天我被帶去十一班時，已經被迫回答了許許多多和我與海交往有關的問題，但看來各位同學的營養還遠遠不夠。

我本想就這麼撤退，卻被海發現，只見她朝我招了招手。

「呃，辛苦了，海。」

「嗯。前半場的我表現怎麼樣？」

「……被她予取予求啊。」

「真的是呢。看她的身材就顯得挺會運動，但我萬萬沒想到她是練籃球的。真樹，她真的都沒有自告奮勇嗎？」

「大概。她本人一副都無所謂的模樣吧。」

但話說回來，還是留有疑問。

她有那麼好的球技，直到國中時代多半都相當熱心地投入競技之中，這點連外行人也看得出來。

是因為對社團活動厭倦了之類的原因嗎？但若是如此，應該也不至於連籃球這項競技本身都討厭，所以……我愈想就愈覺得搞不懂這個人。

現在多少安分了些，但她為何對老師態度叛逆，現在又為何如此敵視天海同學呢？

她對籃球究竟還有沒有眷戀？

……不過現在比起這些，更重要的是海。

「海，上半場雖然打成那樣，不過下半場妳有什麼打算？」

「雖然懊惱，不過憑我現在的實力終究是打不過她。稱不上有什麼計畫，不過我們還是說要試試看。對吧，中村同學。」

「對啊。上半場我也沒表現，所以至少不能再讓那個小麥色辣妹自由發揮了。對吧，美玖、楓、涼子。」

「當然。」

「也是啦。」

「畢竟總不能一路被壓著打。」

即使處在分差很大的狀況，但包括剛才的閒聊在內，她們即使處在劣勢，彼此的氣氛還是一樣好。

照這樣看來，似乎沒必要特別為海加油……不過當其他四人走向球場中央，只有海獨自留下盯著我看。

『趕快為我加油。』

她多半是在這麼說。即使不是處在特別需要我出聲的狀況，海還是很貪心。

休息時間似乎還有剩，也好，一下子應該沒關係吧。

「呃……海。」

「嗯。」

「下半場，加油。我支持妳。」

「……謝謝。那我過去了。」

海點點頭，以輕快的腳步加入另外四個人的圈子裡。

——小朝，有沒有讓前原同學好好為妳加油打氣啊？

——抱抱？還是親親？

——兩種都沒有！……不用擔心，我有好好讓他推我一把。

——是嗎？既然隊長似乎很有精神，下半場我們也加油吧。

「「「「喔～」」」」

我看到十一班為下半場卯足了勁而放下心來，連忙匆匆回到原來的位置。

結果彷彿看準了時機，接著換天海同學走過來找我。

「——真樹同學。」

「天海同學。」

「歡迎回來。有沒有好好從海那邊打聽到她們下半場要怎麼打？」

「多少……但我不是間諜。」

「我知道。可是憑海的個性，她應該會做點什麼吧？」

「大概吧。」

憑海的個性，上半場都被那樣予取予求了，下半場一定會想辦法修正，相信她的好朋友天海同學一定很清楚這點。

然而從我方這隊的成員來看，要團結一致來行動，多半還是很難。

我和天海同學的視線所向之處，可以看見一個人百無聊賴站著的荒江同學，以及在離她有點距離的地方，為因應下半場而練習傳球的其他三名隊友。

「要讓整個球隊團結一致，似乎還是很難……吧？」

「啊哈哈……荒江同學進攻很厲害，可是她一拿球就絕對不傳球，而且都偷懶不防守……剛才有那麼一點點差點吵起來。」

也有一部分是因為這樣，天海同學才會來找我吧。

以往這個角色都是由海或新田同學負責，但她們兩人都在別班，所以現階段能商量這種事情的「朋友」就只有我一個。

「剛才啊，我說我們也要加油，不要輸給對手。可是這個時候荒江同學……」

「對大家說了多餘的話。」

「……嗯。」

天海同學面露苦笑，無力地點點頭。

之所以含糊其詞，多半是出於天海同學的體諒，但想必荒江同學的發言很不把隊友當一回事。

上半場的荒江同學的確很厲害。然而讓人有這種感受之後過不了多久，隨著時間經過就能明顯看出她始終都在單打。

「對不起喔，真樹同學。說這些也無濟於事，但我無論如何都想找個人說說。現在海跟新奈仔都不在。」

「我才要說抱歉，幫不上什麼忙……倒是天海同學對荒江同學好執著啊。都被她那麼敵視，卻還努力想好好對待她。像我跟海早就放棄了。」

「呵呵，我也差不了多少的。而且這也是因為我是球隊的隊長，在正式比賽結束前，至少得努力試試看。」

天海同學看著在球場上獨自一人的荒江同學說了下去：

「而且即使被討厭，我也會希望對方先好好了解我是什麼樣的人，然後再討厭我。明明都還沒好好談過，卻要被對方只憑自己的印象來決定喜歡或討厭……我覺得這樣好悲傷。這點大概對荒江同學也是一樣。」

「妳還挺執著的。」

「……嗯。因為我大概是第一次被人當面說『煩』或『討厭』之類負面的話。從這個角度來看，也許我其實也挺愛逞強的。」

天海同學是全校數一數二的名人，所以即使荒江同學之前待在別班，應該也聽過她的傳聞。但即使如此，荒江同學還是當面對她表達負面感情，所以該說她也真不會讀空氣嗎？想必她是個相當有膽識的人。

天海同學應該也對她這一面產生了興趣。

只是不知道天海同學自己是否察覺到了這點。

「那我差不多要過去了。真樹同學，替海加油沒關係，但我好歹也是同班同學，你如果不偶爾為我加油，我可不答應喔？」

「呃……我……我盡力。」

「啊哈哈。真樹同學還是老樣子呢……是沒什麼關係啦。」

「……天海同學，妳剛剛是不是模仿了我一下？是吧？」

「嘿嘿，是不是呢～」

海也好，天海同學也罷（還有新田同學也是），偶爾會像這樣揶揄我的說話方式。

我個人是認為自己的口氣和說話方式也沒那麼特別啦。

好吧天海同學也多少恢復了點精神，現在就不追究吧。

……不過我明明宣告過要為海加油，就結果而言，卻演變成也支持天海同學。

天海同學也像望還有新田同學一樣，是我重要的朋友，但就像前不久新田同學對我的提醒，海的個性就是比別人更容易吃醋。

剛剛那些談話，在海看來究竟算不算過關呢？

我戰戰兢兢地看向海。雖然談話內容不至於被她聽見，但她當然應該看見了我跟天海同學的互動。

「——略！」

「……嗯～」

這該怎麼判斷才好呢？她對我扮了個鬼臉（可愛）。如果只有這樣似乎是不過關，但看起來又不是那麼生氣，所以很不好判斷。

總之，正確答案就留待比賽結束後揭曉。

下半場一開打，海立刻有了行動。

「……遜斃了。贏不了就兩個人一起來喔？」

「戰術就是這樣……中村同學。」

「有。」

海與中村同學一起來盯防持球的荒江同學。至於天海同學則是由隊中唯一參加運動性社團的早川同學盯防，剩下兩人四處協防，不盯防特定對象。

天海同學這隊處在爭吵狀態，這點不用聽天海同學說，用看的也一定看得出來，所以這形勢也就是對手明確對此做出了針對。

「中村同學。妳擋住對手的切入路線就好，之後我會努力防好。」

「嗯，真是適合我的安排。」

「……嘖。」

中村同學以修長的手腳做出黏人的防守，海則微微拉開距離，擺出對跳投與切入都能夠做出因應的態勢，至此荒江同學才首次咂嘴。

「荒江同學，這邊！我有空檔。」

進行二對一的盯防，當然就會在別處出現四打三的狀況。

從海與中村同學的樣子看來，她們的防守方式從一開始就考慮到她會傳球，所以像是沒被盯防的其他三名隊友，又或者是靠過人腳程擺脫早川同學盯防的天海同學等等，多得是傳球路線，而且傳給她們得分的可能性應該也更高。我雖是外行人，但這點我還看得出來。

「………」

「荒江同學。」

「……囉唆。」

但荒江同學明知如此，卻對誰也不傳球，試圖擺脫兩人的防守。

「不傳球嗎？妳的隊友似乎很想要妳傳球喔？」

「就說妳們囉唆——」

荒江同學被海露骨的挑釁所激怒，強行想突破，結果老師的哨子響了。

由於身體劇烈碰撞，海坐倒在地。進攻犯規。

「啥啊！剛剛哪裡犯規了。明明只是輕輕碰了一下吧？」

話說回來，她推人這點仍然不變，所以判罰並未更改。反而是對裁判頂嘴這點受到警告，又被吹了一次犯規。

我們高中的班際比賽沒有驅逐出場的規則，相對的採用了特殊規則，全隊犯規五次以上，再犯規就會直接判對手罰球。

因此，貿然犯規算是嚴禁的行為。

「小朝，屁股還好嗎？」

「不要說屁股啦……不過完全沒問題。」

從海輕輕拍了拍屁股站起的模樣看來，似乎不用擔心受了傷。

……看她還微微伸出舌頭，搞不好多少是刻意製造犯規的。

海就是如此不擇手段地想討回來。

海她們輕而易舉地得分，彷彿只要拿下球就等於會投進。也不知道是不擅長，還是單純在摸魚，荒江同學完全不防守，所以會輕易變成以多打少。

雖然只是下半場的一次攻防，但自此比賽的主導權就輕而易舉地轉換到十一班手上。

荒江同學在上半場表現亮眼，但在下半場就像變了個人似的，被海等人壓制。會跟隊友要球，但她一拿到球就強行單打，不依賴隊友，最終被吹犯規，又或者是勉強出手投籃而導致丟球。

下半場開始還過不到五分鐘，分差已經迅速縮小。

「——小玖，投籃！」

「好喔～」

七野同學接到海的傳球，儘管姿勢不漂亮，但仍順利投進，於是海這隊終於成功逆轉。

「耶～逆轉！」

「還可以多來幾球，一起加油吧～」

正如海所料，因對方完全中計所以意料之外的逆轉，讓十一班得到的聲援更加高漲。

照這樣下去，我們班會被拉開差距。

利用比賽重新開始的時機，天海同學跑向荒江同學。

無論她多麼任性，現在都是隊友。所以，這個行動應該沒有什麼不對勁。

……應該是沒有。可是。

「荒江同學，沒事的，還有時間，只要我們所有人一起進攻——」

「……不著。」

「咦？妳剛剛說什麼？」

「我說用不著。不要亂安慰人，噁心。」

「怎……怎麼這樣說，我只是要說重新振作，一起努力……」

「唔！……就說妳……！」

也不知道天海同學不屈不撓的行動是哪裡讓她不高興，先前一直採取冷淡態度的荒江同學，眼神明顯變了。

儘管覺得這下不妙，但我隔著網子注視狀況，也沒辦法瞬間插手。

「就跟妳說……用不著這樣！」

荒江同學這麼大喊的同時，啪的一聲，一巴掌用力拍掉了天海同學手上的球。

體育館內突然發出這麼大的聲響與喊聲，讓包括隔壁球場打排球的人們在內，在場幾乎所有人的視線，都一起集中到籃球場的兩人身上。

「荒江同學，妳為什麼突然這樣……」

「……囉唆。就叫妳不要跟我說話。」

荒江同學似乎也終於覺得不妙，立刻變回平常的態度，但站在我的立場，也覺得都演變成這樣的氣氛了，總不能置之不理。

海察覺我的視線，點了點頭，立刻跑向天海同學，老師也晚了一步，想攔在她們兩個人之間。

比賽暫時中斷，旁人也交頭接耳互相問起發生了什麼事，形成異樣的氣氛。但天海同學置身其中，卻若無其事地用笑容回答走近的兩人。

「……我沒事的，海，還有老師。」

「不，可是——」

「我沒事。因為這就像小孩子鬧彆扭。」

「唔！夕，我說妳喔……」

她說得一臉笑瞇瞇的，言語的內容卻相當強烈。

即使努力想排遣情緒，但天海同學也是普通人。會對荒江同學那種我行我素的言語與行動不耐煩也是當然的。

「……喔？本來還以為妳以前都只是讓朋友保護，沒想到挺敢說的嘛。所以這才是妳的本性？」

「哪有什麼本性，我本來就是這樣。我想我是比別人有耐心，但還是有個限度。」

就我個人而言，這多半是第二次看到天海同學生氣。去年決定執行委員的抽籤已經漸漸成為遙遠的回憶，但和很情緒化的那時候相比，總覺得現在的天海同學靜靜地在憤怒。

她還給我一種感覺，像是在她身上看見了海的影子。

「坦白說，現在的荒江同學有夠遜的。一個人逞強，不耐煩，給很多人添麻煩……妳冷靜回顧一下自己的行動吧。不然就會和之前海說的一樣。好遜，讓人都不好意思看下去。」

「妳……！」

「我不知道荒江同學討厭我哪裡。我不想知道，而且妳乾脆就更討厭我也無所謂。可是不要因為這樣，就搞得我喜歡的人和我重視的人都不舒服。要針對就針對我。這點小事難不倒妳吧？」

「…………」

天海同學先前對荒江同學都是採取妥協的態度，現在卻判若兩人。看到她這樣，荒江同學也不免愣住，說不出話來。

這點連跟她是多年好友的海也不例外。

「……對不起，我有點感情用事。可是我也只是因為以前都有朋友在身邊為我生氣，所以才不發作，並不是我什麼感覺都沒有。」

「就說妳很囉唆。只不過是待在同一間教室而已，又不是朋友，還自以為了不起地對我訓話。」

「是啊。朋友……我們的確不是朋友，但我們仍然是同一隊的隊友吧？就算不是朋友，隊友之間為了整個球隊而互相幫助，也是當然的吧？既然荒江同學也打過籃球，這點小事總該明白——」

「——才不是同伴。」

「咦？」

「……礙手礙腳的傢伙，才不是同伴。」

荒江同學小聲的喃喃自語，讓天海同學以及待在近處的我與海，一瞬間不知所措。

總覺得只有剛剛那一刻，荒江同學的模樣不太對勁。

「唔……算了。我累了……不好意思，老師，我身體不舒服，快要吐了，所以我要休息一下。」

荒江同學察覺自己說溜嘴，留下一聲咂嘴便走進附近的女子更衣室去了。

老師追了過去，但她從內側上了鎖，也沒有要出來的跡象。

雖然還剩下一些比賽時間，但這個狀態多半無法進行下去。

接著天海同學也說道：

「……老師，對不起。比賽時間也快結束了，而且再拖下去也會給其他人添麻煩，這次就當作是我們輸，可以請老師進行下一場比賽嗎？我也去外面冷靜冷靜。」

天海同學以無力的笑容對剩下的隊友們說聲「對不起喔」，然後就獨自一人小跑步跑向體育館外的飲水區。

如果只談結果，這場正式比賽前的前哨戰是以海等人的勝利作收，但最後變成這樣的局面，她們自然也難以由衷喜悅。

「……小朝，怎麼辦？比賽結束以後，還得負責翻得分牌和善後工作之類的。」

「中村同學……抱歉，我也剛好有點口渴，所以要去一下飲水區。而且我也不能放著夕不管。」

「了解。其他事情有我和其他人做，小朝就去陪陪小天。她是妳重要的朋友吧。」

「嗯。謝謝妳，還有大家。」

荒江同學只能先放著不管，但照顧天海同學是海跟我該做的事。

雖然得暫時放棄體育課，但這不重要。總之現在最重要的，是照顧好重要的朋友。

「真樹，我們走。」

「嗯。」

為了支持現在多半正獨自沮喪的天海同學，我和海暫時離開了體育館。

我們追著天海同學前往飲水區一看，看見天海同學已經用水龍頭的水嘩啦嘩啦地洗臉。

她察覺我們到了便猛一抬頭，這讓我們看得出她的眼睛周圍變得有點紅。

多半是哭過了吧。

「夕，來，毛巾。雖然不好意思，稍微用過了。」

「……海。」

「夕，不要逞強。現在除了我們以外沒有別人。」

「……海～」

海正要把掛在脖子上的毛巾交給天海同學，天海同學卻不接下，整個人撲向海。

這一撲的勢頭太猛，讓海往後踉蹌了一步，但站在海身邊的我立刻牢牢支撐住她們。

「海，海～……」

「真是的，都被水弄得濕答答了啦……來，找我撒嬌前，先好好把臉擦乾淨。快點，先分開，抬起頭。」

「嗯……嗚。」

天海同學以鼻音答應，海用毛巾輕輕幫她擦臉。將她即使洗了臉，仍不斷從眼眶溢出的眼淚一起接住。

「對不起……對不起喔，海。其實我想著得更鎮定才行，可是荒江同學用力把球拍掉，讓我嚇了一跳……我本來沒打算說那種話的。」

「不會，我也想給她點顏色瞧瞧，結果明明不是正式比賽，但我還是有點露骨地做過頭了……好啦，過來。」

「……嗯。」

當眼淚稍稍平息，海再度將天海同學擁進自己懷裡，摸著她柔軟的金色頭髮安撫她。

就像去年冬天，她對為了家裡的事情緒失控的我所做的那樣。

受到這樣對待似乎就會鎮定下來，本來嗚咽不已的天海同學，呼吸也漸漸平穩。

「……嘻嘻，是海的氣味。」

「多少鎮定點了嗎？」

「嗯，一點點……上次海這樣安慰我，是多久以前啦？」

「嗯～不記得，不過我想大概是第一次見面以來吧？當時夕還是個愛哭鬼，在我們同班前，我就偶爾會像這樣安慰妳吧。」

「是這樣嗎？那從這次起，我想要妳更常這樣。」

「我這個好朋友還真愛撒嬌啊……也好啦，等我有興致。」

「咦～？妳這口氣不就是絕對不會做嗎？」

「我是只在特別的情形下這麼做的主義。要是平常就這樣，就會習慣了。」

「……明明對真樹同學就一直都這麼做？」

「唔！咦，這個，妳，為什麼……！」

海立刻慌張地朝我看過來，但我拚命搖頭否認。

把臉埋在海懷裡讓她安慰的這個方式，的確就如天海同學所說，從我們成了男女朋友後已經做過好幾次。

像是變成兩個人一起玩鬧的氣氛時，又或者是我打工累了回家時等等……然而這真的是我們兩個人之間的祕密，即使對象是天海同學，我也不可能到處講。

「啊，什麼嘛。我只是用猜的，結果果然是這樣啊。真樹同學好好喔～」

「……夕，可以請妳跟我分開嗎？畢竟妳都哭完了，鎮定下來了吧？」

「啊啊～對不起～！我道歉，再讓我抱一下～！」

如此說道的天海同學把臉往海胸部蹭。雖說除了我們以外沒有別人在，但她這撒嬌模式開得可真澈底，不過我也明白那個地方有多舒服。

以前我因為和雙親的事而弄得有些失眠時，就曾這樣在海的房間裡熟睡，由我來說肯定不會錯。

「真樹同學也是，對不起喔。虧你還試著阻止我，但我就是不聽勸，到頭來一怒之下就變成那樣了。」

「不，完全沒問題。天海同學是當事人，我覺得妳大可以生氣。而且，比起上週的海還差得遠——」

「真　樹　同　學？」

「……對不起，我得意忘形了。」

「笨蛋。」

海賞了我一記輕輕的彈額頭，但看著這情形的天海同學笑了，如果這點小痛就能讓她心情好起來，就別計較了吧。

而且，雖說天海同學也忍不住在人前變得感情用事，但她吐出了先前心中的不痛快，應該多少舒暢了些。

任由憤怒驅使而行動的確不好。不好是不好，但太壓抑心中的不痛快，就結果而言反而搞垮了自己的精神也不行——我也有過經驗，這方面的平衡真的很難掌握。

對於溝通初學者而言，多的是不知道的事情。

「欸，夕。如果妳不介意，今天要不要跟我一起去找紗那繪和茉奈佳？雖然會違背約定，不過我們就一起練習吧。」

「咦？可以嗎？能和大家一起，我也是很高興沒錯啦……」

也因為起初決定在正式比賽結束前都要分開練習，所以天海同學也顯得不解。

即使如此，海仍然朝天海同學伸出手。

「沒關係。這種時候還是盡情活動身體來發洩壓力，才是最好的辦法。雖然會給紗那繪跟茉奈佳添麻煩，不過她們兩人一定會像上次那樣，為我們開心的。對吧，真樹？」

「嗯。我當然也奉陪。」

即使在班際比賽上始終是敵手，但天海同學與海是好朋友。這點並未改變，所以沒有必要客氣。

大家一起練習，大家一起努力，在比賽中知道彼此手上的所有牌，憑臨場的鬥智鬥力分出勝負。
這樣做也很有堂堂正正的感覺，我覺得很棒。
「是這樣嗎？如果真是這樣，我也很開心……嗚嗚。」
「真是的，夕妳又哭了……真拿妳沒轍。」
「對不起喔，海……嘻嘻，我好幸福。」
天海同學再度濕了眼眶，但這次嚴格說來比較像喜極而泣，所以這種眼淚完全沒問題。
果然天海同學還是適合像現在這樣笑得開懷。
「妳們兩個，差不多要下課了，趕快回去吧。之後還得對老師，還有中村同學她們道謝才行。」
中村同學她們對我們照顧得無微不至，放學後可得鄭重跑一趟十一班去道謝才行。
她們雖然很有個性，但每個人都很靠得住。
「……嗯。啊，還有也得跟荒江同學說一聲。」
「對她也要？夕，妳都被說成那樣，還真學不乖呢。」
「嗯。畢竟有過剛才的事，我有點怕……可是我還是覺得這樣比較好。不行嗎？」
「可以啊。也是啦，說來說去，我也覺得還是這樣比較像夕的作風。」
「謝謝妳，海。妳當我好朋友真不是當假的。」
「真的。多誇誇我，尊敬我。」

「嗯，好棒好棒。海啊，真的是棒透了。」
「妳的語彙好貧乏啊……是沒什麼關係啦，嘻嘻。」
「……海，我姑且問問，剛剛那句是模仿我吧？這句話在妳們之間很流行嗎？」
「也沒有啊～？對吧，夕。」
「呵呵。對啊，海。」
「……這兩個狐群狗黨。」
但話說回來，都來到這一步了，我也只要就近照看著她們就好。
我已經很久不曾有這樣的感受，但她們兩人這樣和睦相處的模樣，借用一位同班同學的說法，也許可以形容為真的很「可貴」？
雖然以後也許無法一直維持這樣的情形，但還是希望盡可能讓她們兩人一直很要好。
「就是這樣，夕，我們差不多該分開了吧。」
「噗～虧人家還想再享受一下～」
總之，透過海胸……不是，是海的活躍，眼前算是讓天海同學恢復正常，所以我們為了做接下來該做的事情，回到了體育館。
但也不知道幸或不幸，我們沒有機會和另一名當事人荒江同學說話，這一天就結束了。
根據留在體育館的中村同學等人的說法，荒江同學似乎在我們去追天海同學的同時就早退了。據說也可能跟她平常一樣只是想蹺課，所以老師也很注意觀察，但她的臉色真的很差，情形也不對勁，所以不得不答應。

然後是過了一天的今天。

荒江同學雖然一如往常地來上學，這次卻徹底疏遠天海同學。

「我說，荒江同學。」

「……」

「昨天的事情，我有些話無論如何都想跟妳說。」

「……」

我也若無其事地觀察，但她從早上到放學一直都是這樣。

即使天海同學找她說話，她也默不吭聲。若天海同學還想接近，她就會自己站起來，走出教室……真的連一點機會都不給。

放學後，我們一如往常地聚集在一起，聊的話題全都是這件事。

「那傢伙實在是……如果有話想說，清楚說出來不就好了，卻像個小孩子似的賭氣。」

「嗯……可是為什麼荒江同學那個時候會那麼生氣呢？平常嚴格說來比較像是嫌我煩，但都不會先動手。」

「隱約像是有理由啦……不過既然有理由，那更不能不說吧。我們連她是什麼樣的人都不知道，卻要我們『體諒』，那不就只是在耍任性嗎？」

關於這件事，的確就如海所說，若屬於那種對於根本不是朋友的「外人」不方便說的話，我們就真的無能為力。

「荒江仔啊……她是有點不好親近的感覺，但她一年級的時候沒那麼怪啊。不知道是春假期間出了什麼事，又或者是國中時在社團活動上出過什麼狀況。欸，阿夕，就妳看來，她練過籃球吧？」

「嗯。像是個人技術就好得讓人嚇一跳。如果只看這點，我想她和紗那繪或茉奈佳都能打得平分秋色。雖然這只是我個人的感想。」

儘管下半場因為體力耗盡加上海她們黏人的盯防不再有所表現，但上半場她真的是予取予求，所以天海同學說的話我也覺得能夠體會。

這麼說起來，搞不好她在國中時代，就曾和二取同學與北条同學所待的球隊在比賽中有過交手的經驗。

「不過先不說那傢伙，今天我們還是先好好練個夠吧。畢竟紗那繪和茉奈佳明知這麼晚了，都還擠出時間陪我們練。」

「關於這件事，我也跟去練習，真的沒關係嗎？雖然我跟她們兩個都見過面，也交換過聯絡方式，不過這次我還真的挺屬於局外人的。」

「不用擔心。我跟她們兩個說起，她們就說：『新田同學也務必一起來。』像是新奈仔或真樹同學，大家都在我也更開心。」

我會和在場的眾人一起練籃球，而壘球我也有利用午休時間等機會練習。

附帶一提，今天的練習我也跟望說過，但似乎也就因為這樣，他叫我去練揮棒的次數比平常更多。

……今天至少得避免拖大家後腿才行。

今天的練習，是在有籃球場的二取同學家進行。

自己家庭院就有籃球場（※連夜間照明設備都齊備）……由於是私有土地，這地方最適合練習到深夜，真不愧是貨真價實的千金小姐。

從海的家走過去，大約要二十分鐘。

當我們抵達大得嚇人的庭院玄關前，就看到已經換上練習用球衣的二取同學與北条同學來迎接我們。

「各位，歡迎光臨。嘻嘻，上一次有這麼多朋友來，已經是多久以前啦？」

「對不起喔，紗那繪，茉奈佳。今天妳們自己也要練球，我們卻強人所難，還要妳們陪我們練習。」

「不會。因為今天本來就是我和茉奈佳自主練習的日子。」

「但是相對的，今天會要你們配合我們的練習，所以可要做好覺悟喔～？前原同學也是，你既然來陪練就不可以偷懶。知道嗎？」

「……好……好的，我會努力。」

於是我們各自換上練習用球衣，先從暖身開始。

「真樹，我們一起伸展吧。」

「嗯。」

我們分成我與海、天海同學與新田同學，二取同學與北条同學這三組，首先舒展全身的肌肉。

我們依序做完各種伸展動作，但和其他人相比，我的身體果然非常僵硬。前屈時手碰不到腳尖，肩胛骨與週邊肌肉的可動範圍也令人絕望。只是試著伸展一下肌肉，全身就幾乎要發出哀號。

「真～樹！來，加油。再一下子。好，用力。」

「好……好的……嗯咕咕……海，不行，饒了我。」

「不～行，不饒～你。呵呵。」

「海……海是魔鬼……」

「好好好，隨你說什麼都行。」

海整個人往我背上壓過來，想盡可能把我的身體往前傾。

被海從後面緊緊抱住，海身上柔軟的物體也就自然而然壓在我背上，但現在我無暇為此感到高興。

「喂，那邊那對笨蛋情侶，不要趁著伸展在那邊打情罵俏。這裡可是別人家啊～」

「就是啊～新田說得對～」

「你們兩個，如果不介意，要不要繞著我家跑？大概跑個十圈。」

「「……不，這我們心領了。」」

我們按捺住組成一對就不由得會想打鬧的心情，乖乖做完剩下的動作。

說是熱身，但光熱身就已經做了三十分鐘以上。伏地挺身、仰臥起坐等肌力訓練，設定好時間的跑步與在球場內進行的折返跑等等，弄得我還沒拿球就快要累癱了。

連海與天海同學都額頭冒汗，但明明做著同樣暖身的教練卻若無其事。

照她們兩人的說法，這終究只是「稍微暖身」，平常她們的練習量是三倍以上。

……是我有點難以想像的世界。

「那麼我們馬上開始練習投籃吧。我和茉奈佳會從籃下傳球給各位，各位接到球就要立刻投籃。

投籃從上籃到三分球，任何方式都行，但一定要在三步以內投籃。基本上禁止運球，如果沒投中，就當場做十下伏地挺身。這個跟上次一樣。首先就由我們示範。」

二取同學說是要示範，於是輕飄飄地以拋物線軌道將球拋向罰球線附近，接著從中線附近跑過來的北条同學接到球，順勢上籃將球送進籃框。

投進球後就要跑回原來的位置，然後重複很多次。負責傳球的人一看到球投進，就會立刻傳球，所以如果慢慢回去，就會來不及接球，也就會當場被罰……這種練習看似簡單，其實卻很消耗體力。

「這種練法是吧，了解。還有，真樹那邊打算怎麼安排？雖然他比較像是為了幫我練習而來的。」

「就請前原同學在海投籃不進而必須做伏地挺身時，代理她投球吧。還有前原同學自己不用受罰，但他每沒投進一球，海就要追加一組伏地挺身。」

也就是說，如果我一直失敗，海有可能得一直做伏地挺身。

這沒有懷疑的餘地，責任相當重大。

「以上就是我們籃球隊用來暖身的投籃練習。所以呢，說到這裡，你們兩個有什麼要問的嗎？」

「順便說一下，這種練習讓投籃技術變好的效果還不清楚，這點還請多包涵。」

與其說是技術練習，不如說更接近體力訓練吧。然後這還只是暖身。真正的練習她們到底什麼時候進行啊？

「……真樹，她們說是這樣，你覺得呢？」

「……我……我會盡我所能努力。」

「是吧。我們一起加油吧。」

我們先講好身體真的累癱時會立刻提出，請她們准許我們休息，於是我們下定決心，開始練習。

「好的，那就開始了～先是第一球。」

就在這句話一聲令下，二取同學以輕飄飄的軌道將球拋往籃下。

「一接到球就要投籃對吧。」

「嗯。第一球會傳到比較簡單的地方，但我也會傳到比較壞心的地方，或是改變傳球速度，所以你們要小心喔。啊，這次我不會加入假動作，所以要好好看我的視線看動作，對傳球路線做出一定的預測來跑動。」

「了解。」

海接住彈跳得又慢又高的球，順勢以輕快的腳步完成了上籃。她的姿勢還是漂亮得一點也不像外行人，多半是直接看著二取同學和北条同學的球技學會的吧。

「漂亮～好，那我要接二連三傳球了～」

「好啊，放馬過來吧。」

接下來第二球、第三球，海接連將球投進籃框。

投籃練習一共十分鐘，如果就這樣順利進行下去，也許我只是在一旁看就結束了，但當教練的兩人自然不可能容許這樣的情形發生。

「好的，那接下來我們會傳一些比較壞心的球。茉奈佳，麻煩妳來傳球。」

「好喔～」

「咦？啊——」

傳球的人剛從二取同學換成北条同學，先前都是朝著海傳去的球，就傳往沒有任何人的邊線附近。

海勉強做出反應去救球，但由於離三分線相當遠，當然要投進也就更困難。

「嗚，可惡……果然沒進。」

「好的，失誤了。小海，伏地挺身十次。下巴不確實碰到地板就不算數喔。」

「唔……妳們兩個好壞心。」

「好啦不要頂嘴～趕快趕快，不然前原同學跟妳自己都會平白更累喔。」

「一～二～」哨音隨著二取同學的計數聲響起。

「前原同學，不要發呆，你得替小海投進才行。做一輩子伏地挺身可沒辦法讓小海練到什麼。」

「啊，嗯。兩位請多指教。」

兩位千金小姐對我們的籃球特訓，才剛剛開始。

接下來的十分鐘裡，我們追著球滿場飛奔，結束了暖身後，終於要漸漸進入正式的「練習」。

再來的練習一下子變得很實戰，像是和二取同學她們一對一的對抗，或是在有著人數優勢的二對一防守、傳球練習等等，以分鐘為單位，去做預設各種狀況的練習內容。

「——好～練習也差不多開始了一個小時，我們休息一下吧。」

「「「……啊～」」」

聽到二取同學她們說出「休息」這句話，我們四個人不約而同地癱坐下來。

我固然累癱了，但就連對體力相隊友自信的海與天海同學都喘著大氣，也就不難想像這一個小時的練習內容有多密集。

我接過從據說是事先準備好的冰桶裡拿出來的水，一邊滋潤乾渴的喉嚨，一邊將昨天體育課上發生的事情，說給二取同學和北条同學兩人聽。

我本以為荒江同學練過籃球這件事，沒看過她打球的兩人當然不知道……但她們的反應卻讓我意外。

「……啊～果然。其實那天以來，我就一直和茉奈佳說：『我們好像在哪裡見過她？』原來就是那個『荒江同學』嗎？」

「看吧～紗那繪，果然我的預感才是對的吧。她拿球的時候，就真的好有感覺嘛。該怎麼說，像是一種王牌選手的風格？」

「咦！紗那繪和茉奈佳，妳們都認識荒江同學？」

「該說認識嗎？只是國中時代打過一場比賽而已。」

「是啊。記得是夏季縣大賽的四強戰前後嗎～？畢竟就只有她一個人技術特別好，而且那場比賽後也發生了很多事，就有點印象……妳們看，這本筆記上就留著當時的紀錄～」

北条同學從包包裡拿出一本她稱之為「籃球筆記」的筆記本，的確在該場比賽相關的頁面上，詳細記載了「荒江渚」這個名字，以及她的球風特徵與對策等內容。

還附上她當時穿球衣的照片。當然不是現在這種亮麗的打扮，風貌更像是個隨處可見的正經籃球少女。

「4號隊長荒江渚……是喔，原來荒江仔也有過那樣的時代啊。好意外喔～」

「從那個時候大概過了兩年，原來她已經退出社團活動了啊……然後這位荒江同學，現在竟然把小夕當成眼中釘。」

「這我也嚇了一跳呢～比賽的影片還留著，當時她不管是場上表現還是喊聲都在帶動其他隊友，不折不扣是球隊王牌的感覺。」

根據筆記本的情報，荒江同學所待的學校本來並不算強。但自從荒江同學成了隊長後就勢如破竹，到了三年級終於打進前四強，對上了縣大賽常客的橘女子。

另外她們還從平板電腦裡的資料夾中，叫出以前為了擬定比賽對策而拍的比賽影片，放給我們看。

從現在這個打扮亮麗，在天海同學面前始終擺著一張撲克臉的荒江同學，簡直令人無法想像影片裡看見的那個國中時代的她。

「……哇啊。」

「……哼～」

天海同學與海各自做出不同的反應。

影片中是她們尚未對上橘女子的八強戰比賽，當時的荒江同學作為球隊的核心在活躍。比分落後時，會以自己的表現與喊聲振奮隊友，不讓隊友低頭。扭轉劣勢之後更會為了加強氣勢而鼓舞周遭，用自己的背影帶領隊友。

雖然影片並未包含聲音，但看她朝隊友拍著手掌大聲呼喊的模樣，甚至會讓人產生聽見了喊聲的錯覺。

當然了，頭髮也比現在短得多，牢牢綁在腦後，形成一個小小的馬尾——小麥色的肌膚不變，臉孔也確實有著現在的影子，但散發出來的感覺完全是另一個人。

當時的荒江同學，看起來非常英勇。

「哇，剛剛那一球其實很厲害耶……搞不好這個時候的荒江仔，比二取同學和北条同學還厲害……」

「是啊。先不說現在，我想當時她的球技大概比我和茉奈佳更高竿一些。就算和我們隊上的王牌比，大概也不遜色吧。」

「就是啊～平常球風很穩健，但關鍵時刻就會用刁鑽的投籃或假動作來拿分……體格上也有點差距，所以我還記得當時就跟紗那繪討論過要怎麼防守她～」

影片正好放到荒江同學被三個人包夾，鑽過她們的防守，以困難的姿勢將球送進籃框。

荒江同學透過投籃得分，還得到罰球，擺出握拳姿勢。

在這一瞬間，我在她身上看到了一個人的影子。

「……大家，我可以說幾句話嗎？」

「真樹？怎麼啦？」

「沒有，這只是我個人的感想，所以如果我說錯，希望妳們跟我說……剛剛那一球，我感覺隱約有點像天海同學。」

「……啊啊。」

海似乎也有所感，重看影片之後連連點頭。

「其他人覺得怎麼樣呢？」

「我是本人所以不太懂……紗那繪、茉奈佳，妳們覺得呢？」

「基本上不一樣，不過我覺得球風正如前原同學所說。」

「嗯。像那些一瞬間的創意，就很有夕的影子。」

之前的練習中多次看到天海同學才華洋溢的球技，以及在影片中極為活躍的荒江同學國中時代的表現。

我就是覺得有些不經意的瞬間，這兩個身影會交疊在一起。不是長相，該說是感覺很像嗎？尤其是鼓舞隊友時的模樣，更讓我有這種感覺。

「可是她這麼拚命，而且看起來打得好開心，卻不再打籃球了……這個時候的荒江同學明明很帥氣。」

聽到天海同學這幾句喃喃自語，包括我在內，在場的所有人都點了點頭。

當然我認為，不再打球的理由因人而異。可能是家裡有狀況，又或者是為了兼顧成績等等——只要是荒江同學自己想通了才不打，那我也不打算針對這件事說三道四。

然而，這麼說來，今天和十一班的練習賽尾聲，荒江同學和天海同學爭吵時的喃喃自語，讓我說什麼都很在意。

——礙手礙腳的傢伙，才不是同伴。

哪怕隊友是外行人，但一個在國中時代有這種水準的球技，認為已經盡力投入過，不再參加社團活動的人，會對隊友說出這樣的話嗎？

當然了，就算有什麼理由，荒江同學都沒有權利對天海同學說三道四，而且也不應該動輒挑釁。

上次在遊樂場結下的樑子都還沒解決，也包括這件事在內，我還想設法讓她道歉呢。

不知道她是否也有無法對他人訴說的煩惱，又或者是心中有著一些不痛快的事情呢？

之後過了幾天，終於迎來了班際比賽當天。

從窗簾縫隙間射進的朝陽好耀眼，讓我坐起上半身。到了四月下旬，早上也變得相當舒適，即使還有睡意，也漸漸不再讓人捨不得離開被窩。

不會冷，卻也不會太熱，正是宜人的時節。

昨天晚上比較早上床，睡眠約八小時。由於睡得很熟，身體狀況絕佳。

「嗯……咻。嗯，這種程度應該不要緊吧。」

我一邊在意著之前的練習讓身體留下的些微肌肉痠痛，一邊做些簡單的伸展。也因為直到前一天為止，幾乎每天都在練習籃球和壘球，我那剛開始練習時還像幼犬一樣的身體，似乎多少也有了些成長。

媽媽一大早就出門上班，留下喝剩的咖啡和只有一根煙蒂的菸灰缸，我收拾乾淨。

和以往沒什麼兩樣，一如往常的早晨例行作業。

我正在盥洗間洗臉，就聽到喀啦幾聲，是家門打開的聲響。

想來多半是海來接我，但從玄關聽見的腳步聲比平常多。

除了海以外，還有一個，不，是兩個人吧。

「早，真樹。」

「早啊，海……還有天海同學跟新田同學也來了。」

「早啊，真樹同學。」

「早，委員長。上下都是灰色，果然委員長的睡衣也很土啊。」

「少囉唆……倒是今天好稀奇啊，海竟然帶妳們過來。」

海早上來接我（或是來叫醒還在睡的我）時，差不多都是一個人來，然後在上學途中和天海同學及新田同學兩個人會合，再一起去到學校，所以只就早上而言，這組合很罕見。

「對不起喔，真樹同學。平常不會這樣的，可是……這個，昨天我就是有那麼點緊張。嘻嘻……」

「這樣啊……例如晚上不太睡得著？」

「嗯，就是這樣。明明平常都會睡過頭。」

天海同學為難地笑了笑，眼睛看起來比平常暗沉了些，這似乎不是我的錯覺。

「其實我是打算像平常那樣在路上會合，可是早上打電話去叫她，就立刻發現情形不對。所以我想今天要盡可能陪著她。順便也邀了新奈。」

「不要說順便。我也在擔心阿夕。」

突然有這麼多人找上門來，的確令我意外，但既然是有這樣的理由，我也沒什麼問題。真要說來就是多了些要為每個人準備咖啡的工夫……還有跟海嬉鬧的時間會變少……不過關於這點就先忍著吧。

畢竟今天是週五——等班際比賽結束，多得是只有我們兩個人獨處的時間。

就當是重新醒醒腦，於是我與海一起泡了四人份的咖啡，先喝了一口，然後呼出一口氣。包括我在內，大家都放了糖或奶精，所以不是喝黑咖啡，不過這種事情就是看心情。

「——那麼到頭來你們跟荒江仔，從上週的體育課以來就沒什麼進展是吧？」

聽新田同學問起，我們三個人不約而同地點點頭。

「因為之前提到她國中時代的事情，我就想著希望能想辦法跟她說說話……可是，這些話不適合在大家面前說，而且荒江同學也一直把我當空氣。」

我也看著這樣的情形，而從體育課之後，荒江同學就更加露骨地迴避天海同學。

在此之前，當天海同學不認輸地繼續接近時，她還會有點反應，現在則連這些反應都完全沒有了。

她也不再有那些會讓別人不舒服的言行，所以班上的氣氛維持在相對平靜的狀態，但又顯得荒江同學與班上其他女生之間的鴻溝更深了。

從會有摩擦，到現在是完全的冷戰狀態。

十班的狀況也許可以說更加惡化了。

處在這種狀態下，天海同學迎來了今天的班際比賽當天。

本來班際比賽是為了盡可能增進新班級的團結才舉辦的年度例行活動，我們班卻是反其道而行。

「夕，我說過很多次，不可以太自責。夕什麼事都沒做錯，錯的是荒江渚。」

「沒錯沒錯。就算有什麼苦衷，這次的荒江仔也未免太任性了。」

把先前班上發生的事，還有從二取同學與北条同學那裡得到的情報綜合起來，可以想見荒江同學也不只是「憑感覺」討厭天海同學。

然而那單純是荒江同學的個人問題，要由我們來體察、體諒她，那就沒有道理了。

如果她願意老實為先前的事情道歉，用自己的話好好說清楚她為什麼討厭天海同學，我們這邊多少也能做出一些不一樣的對應。

但若是荒江同學維持現狀，站在我們的立場也無可奈何。

「謝謝你們大家。呼啊……唔～跟大家說了就比較放心，好像有點睏了……」

「離去學校還有三十分鐘左右，所以如果天海同學不介意，要不要躺一下比較好？床可以用我媽媽房間的……啊，可是也許會有點菸味。」

「那就去委員長的房間不就好了？如果只是睡一下，阿夕也……啊，那邊又有別的那個啊，抱歉抱歉。」

「什麼叫別的那個。」

即使是朋友，那實在不是可以讓天海同學去睡的環境，這點必須小心。

海倒是經常在我床上睡午覺，不過這是兩碼子事。

「夕，如果只睡一下，就用那邊的沙發吧。我會撐住妳，不讓衣服壓出奇怪的皺褶。」

「啊，嗯，既然海這麼說。」

於是天海同學移動到沙發上，順勢以抱住海的姿勢小睡一會兒。

「夕……沒事的。不管發生什麼事，我們都是一國的。」

「嗯……謝謝妳，海，還有大家……呼～」

海輕輕摸著天海同學的頭，大約過了一分鐘左右，她就開始發出小小的鼾聲。
天海同學安心熟睡的睡臉，真的很漂亮。
如果可以，還是會希望能讓她一直這樣不用擔心，好好過日子。
天海夕不適合有陰影的表情——相信在場的所有人都這麼想。
「欸，真樹。」
「……嗯。」
「……我搞不好還要再當一陣子壞人，到時候就麻煩你了。」
這多半是指在比賽中，又或者是即將開打的時候吧。具體要做什麼就交給海決定，但我要做好準備，以便發生什麼事情都能立刻行動。
「知道了。那麼到時候我也一起當壞人。」
「那我也是。雖然坦白說，牽扯到荒江仔會很麻煩……不過阿夕畢竟是我更重要的朋友，我會幫忙。」
「謝謝你們，真樹、新奈——那我們也再休息一下吧，為了備戰正式比賽。」
我把鬧鐘設定在出門的五分鐘前，然後我們三個人各自閉目養神。
我們經過三十分鐘左右的小睡而讓心情鎮定下來後，出發去上學。
也因為是班際比賽當天，走在路上的學生們大多數穿著制服，其中也摻雜著穿運動服的人。有些更起勁的班級還有同學在頭上纏著頭帶，多半是真心想奪冠吧。

「欸欸，海，等今天比完，我們大家一起出去玩吧？一起吃吃飯、唱唱KTV，好好唱個夠。」

「……公主這麼吩咐，真樹，你要怎麼做？」

「去玩是沒關係……只要不是KTV。」

「咦～？有什麼不好嘛，我們就去KTV嘛～我也想聽聽真樹同學的歌喉～」

「啥？咦，真的假的？委員長要唱歌？應該說你會唱歌？那我也要參加，畢竟聽起來就很有意思。啊，你唱的時候我要錄影喔。」

「不是『我要錄影喔』，妳該問『可以錄影嗎？』才對吧……」

由於是週五，平常我都是跟海獨處，但之前發生過那些事，單就今天來說，也許還是跟包括天海同學在內的所有人一起出去玩才好。

畢竟跟海獨處的時間，只要有這個意思，在之後的假日也擠得出來。

「……我知道了。只要妳們三位不介意，我也奉陪。只是我不太擅長唱歌，希望妳們不介意這點。」

「沒事沒事，我今天也會愛怎麼唱就怎麼唱。嘻嘻，今天是週五，我本來還覺得可能不行，還好有試著邀邀看。那我今天會很期待！」

大概是睡在海的懷裡帶來很大的幫助，天海同學的臉色與先前相比，也恢復到了多少還算正常的程度。

假設天海同學的隊伍一路贏到最後，三場循環賽加兩場淘汰賽，一共要打五場比賽。希望她能在不要太逞強的範圍內努力。

我們穿過校門走向通往樓梯口的平緩坡道，有個朝我們跑來的人影映入眼簾。

望穿著練習用球衣一邊用毛巾擦汗，一邊跑向我們。

「喲，你們四個，早啊。」

「望，早安。你臉頰上沾到白粉了，該不會是在整理球場吧？」

「是啊。就因我們是棒球隊這個草率的理由，要我們晨間練習的時候順便畫線，真是的。不過要是交給其他人，劃出歪七扭八的線那也是傷腦筋，所以我乖乖幫忙畫了啦。」

棒球與壘球。看起來很像，但不一樣的地方也很多，而老師當中也有人對這些差異並不清楚，所以真的得要多感謝包括望在內的棒球社員。

「啊，對了，望，我說啊，今天放學後……」

「……習。」

「咦？」

「練……習，習，習習習……」

「咦？關，你這是在做什麼？模仿火車頭？學得不像，而且也不好笑。」

「新田少囉唆。等班際比賽收拾完畢，我們就得要練習到晚上啦可惡。」

「原……原來。」

我隱約有猜到，但無論辦不辦班際比賽，似乎都不會影響到棒球隊的活動，所以今天就別再問下去吧。

……我打算不屈不撓，改天再邀他。

「那我還要跟班上同學做熱身運動，所以得走了。真樹，我想我們會在第二場對到，到時候請多關照啦。」

「嗯。我會努力讓球棒碰得到望的球。」

「好啊……啊，還有天海同學。」

「咦？叫我嗎？」

天海同學突然被望叫到，露出嚇了一跳的表情。

即使像這樣我們五個人都在場，望也幾乎不曾對天海同學說過話，所以很令人意外。

「啊，抱歉喔，我嚇了一跳。什麼事？」

「啊～呃……這個，今天的天海同學感覺好像不太舒服。我想跟妳說如果覺得撐不下去，最好還是去一下保健室。而且妳的臉色好像也跟平常不一樣。」

「我沒事的。雖然的確有點睡眠不足，但除此之外都很好。關同學，謝謝你的關心。」

「不會，哪裡……那……那這次我真的要走了。還有你們幾個也是，聽說今天中午過後氣溫會升高，要小心中暑啊。要經常補充水分，覺得難受就要立刻休息。」

望最後還若無其事地表達對天海同學的關心，然後走向四班成員等著他的停車場區。

「關那傢伙，在阿夕面前滿臉通紅……都搞不清楚誰才中暑了。」

「……新田同學，妳話太多了。」

然而這種若無其事的關心，該說真不愧是運動員嗎？

似乎是升上二年級後心境有了改變，望也想一點一滴累積努力，不過他的心意要好好傳達給心上人知道，真不知道到底會是多久以後的事。

之後我們在途中和新田同學分開，我、海、天海同學三個人，在班會時間來臨前先在教室前的走廊上說幾句話。

「真樹，十班的壘球比賽大概是幾點？隊上的大家也說想去看，所以得先聯絡。」

「雖然也得看比賽進行的情形，不過記得照預定計畫，大概會在十一點前……等等，中村同學她們也要來？我沒辦法多活躍耶。」

雖然加油是每個人的自由……但我忽然想起了輪到我上打擊區時的情景。

多半會是以下這樣。

「加油，真樹。不用擔心，照練習那樣打，球就會碰到球棒。（海）」

「耶～！真樹同學，用力揮～一棒打出去～！（天海同學）」

「嘿～嘿～委員長害怕了～（新田同學）」

「喂大家，輪到小朝男朋友上打擊區嘍。這個時候還是需要我們來點尖叫聲吧？對吧？

（中村同學）。」

海與天海同學會好好聲援，新田同學覺得好玩而開起玩笑，中村同學和其他人則火上加油……總覺得事情會弄成這樣，讓我很害怕。

雖說已經穩定下來，但在還有很多男生嫉妒的聲浪下，女生的人數再增加……這讓我感受到另一種很強的壓力。

總之，還是從現在就開始祈禱，希望對方投手不要手滑，老是投出飛向胸口的危險球吧。還有，要忍耐咂嘴的大合唱。

我自己今天也得要有堅定的意志力才行。

再來就是。

「海，今天要加油喔。雖然我沒辦法像平常上體育課那樣陪在旁邊，不過我會在球場附近加油的。」

「嗯。今天你要一直看著我喔……那樣我就會更努力。」

「知道了。妳們是敵人所以不能聲援妳們，但我會一直看著。」

「你說的喔？我偶爾會檢查，要是你在看旁邊，那可不是彈額頭就能了事。」

「哈哈，了解。」

被她這麼說就沒有辦法，所以我打算比賽期間，要一直把海的活躍牢牢烙印在腦中。

身邊有著這麼努力又可愛的女朋友，所以旁人的嫉妒根本沒什麼好在乎的。

「唔～都只有海，好賊喔～真樹同學，你當然也會為我加油吧？對吧？畢竟我們是同班，是同一國的吧？」

「啊啊……呃，嗯。對啊。」

「啊～！你連『加油』都不肯說了耶～！」

有來有往的對話，三人相視而笑。

我們果然這樣就好。

雖然有很多問題尚未解決，但只要班際比賽結束後，我們也還能像這樣見面，對我來說這樣就夠了。

……這就夠了，所以再來我是想專注在比賽。然而——

「——你們三個都挺開心的嘛。和今天的天氣一樣天真。一個個都在傻笑，也不知道別人的辛苦。」

緊接著有個意料之外的人物對我們說話。

穿得鬆垮的制服，小麥色肌膚，以及亮咖啡色的頭髮。

正是平常都會看到的荒江渚本人。

「唔！荒江，同學？」

「……怎樣啦天海，表情那麼怪。我找你們說話有那麼奇怪嗎？」

「我沒這麼說……可是。」

可是仍然是很稀奇的事。

荒江同學先前明明露骨地迴避天海同學，極力不對我們採取行動，萬萬沒想到她會在這個時機，特地來找我們說話。

而且平常待在她身邊的朋友也不在，一個人過來——考慮到先前的事情，我們會不由得猜測她打什麼主意，這也是當然會有的反應。

「我來不是想做什麼……就只是有些話想先跟妳說。」

「荒江同學，有話要跟我說？」

「對。妳再怎麼說也是隊長，這是當然的吧？」

「……荒江渚。這次妳是打什麼主意？」

「我沒跟妳說話。」

荒江同學一句話無視海的反應，繼續說道：

「——我，今天我會把球給妳。也就是說，今天是以天海為中心，一起努力吧。」

「咦……？」

荒江同學主動找我們說話固然令人意外，她說的內容更令人意外。

先前荒江同學都把天海同學與海的球技說得很難聽，練習賽上也一副嫌隊友礙事的模樣，只顧自己一個人打。

她破壞氣氛，而且到頭來一次都沒有參加全隊訓練……也因為有這樣的情形，天海同學才會為了極力支援全隊個人技術最好的荒江同學，和二取同學與北条同學重點鍛鍊如何擺脫防守與傳球等動作。

還對其他隊友低頭，希望能讓整個球隊運轉起來。

既然要打，無論是以什麼樣的形式，都要勝過以團體戰方式對上的好朋友。

從一開始天海同學的想法就沒變過。努力讓全隊團結一致，以及不屈不撓想和荒江同學溝通，全都是為了這個目的。

當然我也明白，荒江同學無從得知天海同學內心的這些想法。

可是她為什麼會在正式比賽當天，突然跑來說這種話呢？

天海同學本來漸漸趨於平靜的表情，就像時光倒流似的又漸漸蒙上陰影。

「……荒江同學，這是怎麼回事？」

「哪有怎麼回事，就是我說的那樣啊。我今天會支援妳們。妳們不是有在好好練習嗎？」

「話是這麼說沒錯……可是，荒江同學這樣真的沒關係嗎？」

「什麼事情沒關係？」

「就是，這個……」

天海同學將視線看向身旁的海。

她指的是前幾天沒能好好打完的練習賽。

當時雖然輸給了十一班，但直到途中都只靠荒江同學一個人的力量，就讓分數平分秋色。而且她對於當時找出辦法對付她的海，也完全沒能報一箭之仇。

我想起了荒江同學國中時代的模樣。

影片裡的荒江同學說什麼也不服輸。一旦被對手巧妙地突破，就會過掉對方來還以顏色。如果被對方投進三分球，緊接著就會同樣以三分球回敬。

只不過不再參加社團活動一年左右，這樣的性子沒有道理會改變。

「妳被海那樣回敬，不懊惱嗎？」

即使天海同學這麼問了。

「——哼，又沒什麼關係。」

荒江同學卻對天海同學的提問嗤之以鼻。

「我說啊，天海妳也何必那麼認真？班際比賽不就只是玩樂的一環嗎？不管比賽的輸贏，大家一起玩得開心，培養感情……說是這樣啦。弄得那麼認真，也會只讓人覺得幹嘛這麼不會讀空氣，搞什麼鬼。」

「可……可是，妳跟海的那場比賽，就那麼認真……」

「那個時候我只是有點對那個女人感到不爽，所以才賭氣的。畢竟又鬧過上次的事情。不過冷靜想想我有點後悔，覺得做了有點幼稚的事情。」

今天的荒江同學說話可真溜。想來她多半是原本就有這樣的一面，但看在我們眼裡，和她先前老是咂嘴或咒罵的模樣，簡直判若兩人。

當時的練習賽上被海擺了一道，有所反省嗎……不，如果她是這樣的人，多半從一開始就不會找天海同學麻煩。

甚至讓人覺得與其這樣，她咂嘴的時候還比較好。

「……就是這麼回事，雖然有過很多事，但我的態度就是這樣。我會在不至於丟臉的程度內適度摸魚……畢竟要運動也很麻煩。要打就要贏，這種一頭熱的事情就交給天海。好了，就這樣。」

「啊，等等，荒江同學，等一下……！」

荒江同學說完想說的話就想離開，天海同學不及細想便抓住她的肩膀。

荒江同學回過頭來，臉上瞬間露出先前那種不高興的表情，但隨即又回到剛才那種有點陪笑似的表情。

「怎麼了？事情都說完了耶？」

「妳沒來由地這麼說，我也很為難。突然……虧我還去拜託球隊裡的大家，說今天我們要盡可能不讓荒江同學像上次那樣被孤立，雖然大家當時都很不愉快，但還是要大家一起傳導，把球給妳，支援妳。我是這麼想的。」

我想這對天海同學來說，也是個苦澀的決斷。要扭曲全隊一起開心努力的意念，多半不是她的本意，但天海同學仍選擇設法讓全隊五個人一起打比賽。

結果卻在比賽前一刻才被推翻，天海同學自然也會有話想說。

當然了，我與海也一樣。

海不知不覺間已經緊緊握住我的手，我也輕輕回握。

總之現在只能靜觀她們兩人的情形。

「妳想說的話我懂了。可是為什麼？不行嗎？有什麼關係嘛。我又不是說我什麼都不做，不是都說我會支援妳們了嗎？而且這樣對妳也比較方便吧？我聽了你們說話，妳們兩個人之間不是要分個高下嗎？」

「那只是說我們彼此要努力，一點也沒打算要把個人的私事帶進比賽——」

「啊，我知道了。該不會是妳們兩個要搶站在那邊的前原吧？畢竟你們在班上特別要好嘛，妳跟他。然後妳想好好表現，從他女朋友手上搶過來。是喔，看妳長得那麼可愛，做事情卻挺狠的嘛。」

「唔……！」

聽到她這麼說，最先有反應的人是我。

她多半是說得起勁而說溜嘴，即使如此，可以說的話和不能說的話還是有所區別。剛才她的發言，怎麼想都大大超出了界線。

所幸四周沒有人——但是我非要她當場訂正這個錯誤不可。

「荒江同學。請妳訂正剛才的發言。不管被怎麼說，那句話我實在不能容許。」

「啥……啥啊？你幹嘛對這種玩笑話認真啦？我看你其實也對天海——」

「…………」

「……怎樣啦，在女友面前就突然這麼獻殷勤……嘖，啊啊好好好，對不起，是我亂說話～……好啦，這樣可以了吧？總之我也該換衣服，先走了。」

「等等，在這之前，妳先對大家道歉——」

荒江同學強行揮開我的手，逃命似的小跑步就要離開。

——遜斃了。

背後傳來這麼一句話。

「咦？」

「遜斃了！荒江渚，妳，爛透了，太遜了！」

被人用迴盪在整條走廊的聲音喊出這樣的話，荒江同學也無法不做反應。

「——欸，妳剛剛說什麼？」

「……如果妳聽不見，我就從近距離再說一次給妳聽，妳過來啊。不用擔心，我才不會欺負妳。我又不是妳這種卑鄙的人。」

「……是喔？」

荒江同學說了這麼一聲，橫眉豎目大剌剌走了回來。

她停在天海同學身前。

沒錯，剛才痛罵荒江同學的人不是海，而是氣得滿臉通紅的天海同學。

有那麼一瞬間，我還以為是海說的。

海說如果荒江同學在比賽即將開始之際，又或者是在比賽中又開始找天海同學的麻煩，她就要像以前那樣當壞人，在比賽中扮演天海同學與荒江同學「共通的敵人」，盡可能製造讓她們兩人團結起來的契機。

海在快要出發前，就把這件事告訴了我和新田同學。

而我認為不能讓海一個人這麼做，所以我會參與，狀況需要的話新田同學也會加入。

因此在這個時間點上，這個事態發展某種程度上不出海所料。雖然不知道會是什麼樣的情形，但多多少少一定會有衝突，到時候海就應該會出頭。

和之前在遊樂場發生爭執時的狀況一樣。

天海同學會生氣也早在意料之中。

然而沒想到她會這麼大聲表露情緒。

「那麼我如妳所願來了，可以請妳再說一次嗎？」

「嗯，可以喔。要說幾次都行，我會在妳面前說到妳滿意為止。」

天海同學眼眶含淚，愈說愈快：

「真遜，妳這樣太遜了啦，荒江同學。從我們分到同一班以後就一直這樣。這樣太丟臉，太任性了啦。真的很難看。故意在大家面前說那些會讓我為難的話，對我重視的人也照樣嘲笑。

不只是這樣。籃球的事情也是。起初得意忘形，好像這種對手只要妳一個人就夠，等到對方採取對策，看起來要輸了就哭喪著臉逃避，最後還說什麼『這只不過就是遊戲』、『你們在認真什麼』。荒江同學，妳知道自己說的話讓妳看起來多渺小嗎？荒江同學妳的腦子真的很遺憾呢。」

「嗚……臭傢伙……天海……！」

荒江同學似乎是被說中了，和天海同學一樣脹紅了臉，忍不住一把揪住她，還用力過猛弄掉一個鈕釦。

我心想不妙，立刻抓住荒江同學的手。

「唔！幹嘛啦，前原，不要隨便碰我。」

「我才要說荒江同學在做什麼？再怎麼說也不該用暴力……」

「真樹同學，等一下。」

我立刻伸手想將她們兩人分開，但天海同學輕輕碰了我的手。

「真樹同學，拜託不要阻止我們。還有海也是。再等一下。」

「天海同學，可是——」

「就是啊，妳在說什麼啊，夕。要是就這樣放著不管，這傢伙可是不知道會做出什麼事來耶？」

「那也沒什麼。」

但天海同學仍不讓步。

「就算被打，這種鬧彆扭小孩的拳頭根本不痛不癢。」

「天海……妳不知道別人忍了多少……」

「所以啊，妳不說我們怎麼會知道？我們為什麼就得連那些沒道理會知道的過去，都要一一去體諒妳才行？我看妳就是這樣，才會連以前的隊友都受不了妳吧。」

「唔！啊啊，這樣啊……！」

「嗯嗚……！」

荒江同學無視我與海的制止，揪住天海同學衣襟的手更加重了力道，直接將她按在走廊牆上。

荒江同學退出社團後，不知道是不是仍然有在鍛鍊，手臂比我意料中更結實。雖然怒氣應該也有影響，但她的力氣大得讓我與海兩個人一起拉扯也只能勉強拉住。

「早啊～我有點閒，就來看一下……等等，你們幾個在搞什麼！這……這再怎麼說也太不妙了吧。」

「抱歉，新田同學，快來幫忙！」

「真沒辦法啊……等等，現在不是說這些話的時候了。」

新田同學來得正巧，我們還借用了她的力量，這才總算把荒江同學和天海同學拉開。

天海同學暫時交給海，我和新田同學勉強壓制住荒江同學，但她惡狠狠的視線絲毫沒從天海同學身上移開。

時間已經來到九點左右。除了要在早上第一場比賽出賽的隊伍以外，其他學生在這時段都會回到教室，但就算是這樣，我們也不能就這樣放開已經打開開關的兩人。

只要一下子就好，如果有個地方能不受打擾——

「——嗯～我才想說怎麼有點吵鬧……這騷動是怎麼回事啊？」

「啊！中村同學。」

結果就在這時，今天沒戴眼鏡，處於運動模式（本人自己說）的中村同學從十一班教室的門縫間探頭出來看。

她迅速看看天海同學與海，以及我、荒江同學與新田同學後，似乎立刻猜到了狀況。

「嗯～……唔，雖然不是很確定，不過看來你們正覺得傷腦筋？」

「嗯……嗯，中村同學，現在妳們班教室裡大概還剩多少人？」

「男生要參加第一場比賽，所以已經在運動場。女生方面目前就剩下等小朝來的我們十一班A隊，還有其他幾個……不介意的話，要用嗎？」

「好！謝啦，中村同學。」

「別客氣。不過這樣你就欠我一次喔……美玖、楓、涼子，麻煩妳們了。」

在中村同學的招呼下，也多虧了七野同學、加賀同學、早川同學等三人幫忙，沒過多久，十一班就暫時進入無人狀態。

既然天海同學與荒江同學處在這樣的狀態，就非得在這裡做出一定程度的了結不可，所以哪怕只有一點時間，能有她們為我們安排不受打擾的狀況，實在令人感謝。

雖然不知道這麼做究竟對不對，但無論考慮到天海同學的心情，還是我與海的心情，我想還是趁比賽開始前，把想說的話都說出來比較好。

等這一切結束，就得向幫忙的大家道歉。

「荒江同學，難得大家幫忙製造這個機會，就我跟妳，兩個人好好把話說開吧。妳總不會被這種事情給嚇跑吧？」

「……誰怕誰。」

荒江同學接受天海同學的挑釁，跟著天海同學走進十一班的教室。

當然了，我、海，以及新田同學也進去了。

「我來把風。狀況不妙我就會立刻大喊，你們要在這之前把事情談完。」

「謝謝妳，中村同學。謝謝妳配合我……配合我們的任性。」

「沒什麼。這是只有一次的高中生活，有這點風波還比較加分呢。」

「……也是啦，也許是這樣。」

不過我可不想每次都這樣。

中村同學剛出去，我們就此進入十一班教室，順手關上門。

為了等一下就要進行的正式比賽，也為了在比賽後大家可以了無牽掛，也為了讓我跟海兩個人的笑容能夠維持下去，我也得盡可能努力才行。

5. 正式上場

除了我們五個人以外沒有其他人的教室裡，即使處在早上這個往往很忙亂的時段卻非常安靜，有著沉重的氣氛。

處在正中心的兩個人——天海同學與荒江同學默默注視彼此。

天海同學的眼神罕見這麼認真，而荒江同學則比平常更不掩飾不悅，狠狠瞪視。

「——話說啊，天海。」

先打破沉默的人是荒江同學。

「剛才妳說的隊友云云，是怎樣？好像妳見過似的，妳為什麼會知道那些事情？」

「不告訴妳。我為什麼要老實告訴不聽我說話的人？」

「唔！妳這傢伙……」

「夕，妳的心情我懂，可是這樣談不下去……真樹，麻煩你了。」

「嗯。天海同學，由我來說明，可以吧？」

「……抱歉，真樹同學。」

得到天海同學允許，我簡單地描述了從二取同學與北条同學那裡聽來的消息。

前幾天練習時，透過二取同學與北条同學的筆記，得以知曉她們與當時荒江同學所屬的國中校隊比賽的結果，以及當時的詳情。

當然了，也包括和橘女子對戰的結果。

一看分數，荒江同學的球隊以相當大的差距落敗。

我不記得詳細比分，但記得勝方的分數有三倍之多。籃球這種運動有可能在只差一兩分的拉鋸戰中分出勝負，那麼有一方的分數來到兩倍、三倍，看得出整支球隊的實力有著相當大的差距。

她們還讓我們看了當時的部分影片，看在外行人眼裡也明顯是一面倒的比賽中，唯一一個到最後還在努力奮戰的，就是荒江同學。

在觀眾期待會有白熱化精彩比賽的縣大賽準決賽打成這樣，相信荒江同學內心應該也很難受。到了比賽尾聲，荒江同學以外的隊員也幾乎都垂頭喪氣，顯得喪失了戰意。

「……這一說我才想起來，天海就是就讀那間學校啊。雖說也有留下紀錄，不過你們還去到處探查別人的過去，所作所為真的很煩。」

「如果覺得煩，妳就繼續一個人困在過去耍彆扭不就好了。是妳先找碴的，這是自作自受。」

「妳……妳這傢伙真的……！」

「呃～好啦好啦妳們兩個！愈講愈衝動是沒關係，但不准弄到有人受傷喔。如果貿然在別班教室裡動手，搞不好妳們兩個都要停學。」

兩人一副隨時都會撲向彼此的模樣，新田同學好好地加以制止。根據她本人的說法，以前也有過類似經驗，所以對這種時候該怎麼應付，也已經有點習慣。關於她過去遇到的麻煩是很令人遺憾，但現在這幫了我們非常大的忙。

雖然不會想變成新田同學那樣，但從她身上可以學到的東西也很多。

「……那麼既然查了我這麼多事情，應該也已經知道了吧？我那樣像個白痴似的努力，夢想像個漫畫主角那樣只要努力就什麼都能做到，其他女生滿腦子只有玩樂的時候我也在努力，就算是這樣，結果還是……妳看，我就是個有夠可憐的人嘛。所以啊，體諒我嘛。算我求妳了。我已經受夠這種一頭熱的情形了。而且這只不過是一場像是體育課延伸出來的班際比賽。」

只不過是班際比賽——相信除了荒江同學以外，也還有別人這麼想。應該說直到去年為止的我，嚴格說來也比較接近荒江同學的想法。

就算一起組隊，也沒有任何事情改變。雖說既然組了隊，就多少會有一些事務上的往來，但等比賽結束，也只是又變回原本的關係，和之前沒有任何兩樣。認真去做也只是白費工夫。

實際上，我到去年的班際比賽都是這樣想。懷著這樣的想法，看著周遭的一切。

對天海同學和新田同學如此，對海當然也是一樣。

然而我跟海變成了朋友，然後和天海同學與新田同學也更常有所往來，想法因此漸漸有了改變。

接下來我跟海變成男女朋友後，更是如此。

荒江同學所說的話我也能夠理解。然而若要說我們，尤其是天海同學是否就要因此答應荒江同學，那又是另一回事。

「……不要開玩笑。」

天海同學對荒江同學的請求，做出這樣的回答。

「既然這樣，為什麼不在一開始就跟我這麼說？如果妳是因為以前的不愉快，對籃球有不好的回憶，為什麼不從一開始就選排球？只要妳悄悄地跟我委婉說一聲，要變更隊伍名單都可以的。」

「這……這，就只是我們班的導師擅自決定……」

「騙人。荒江同學不是討厭籃球吧？如果是討厭打球，就不會那樣賭氣地堅持要自己運球突破，還跟隊友要球吧？」

「那……那是因為站在那邊叫做朝凪的那傢伙先找碴，我才只好應戰——」

「又在騙人。欸，荒江同學為什麼就這麼愛說謊？荒江同學真正討厭的是什麼？是為了目標努力過的自己？還是嘲笑荒江同學努力的隊友？」

「唔！……天海，妳，知道這麼多……」

「嗯……對不起喔，荒江同學。我們已經全都知道了。」

「這……」

聽到這句直指核心的話，荒江同學首次表露出慌張的態度。

其實荒江同學的過往，還有一些後續。

二取同學與北条同學的情報裡，並未留下筆記或影片等等的紀錄，但那件事深深留在她們兩人的記憶當中。

從她慌張的模樣看來，並非二取同學她們會錯意。

「總之，既然荒江同學不肯好好說，那我也不聽荒江同學說的話。不管荒江同學怎麼傳球給我，我都會當場把球回傳給妳……到時候我們可能就會大出洋相吧？」

「唔……天海，妳這傢伙……」

「抱歉，大家。我差不多得走了。荒江同學也要趕快去體育館集合喔？」

就這樣，天海同學跑出了十一班的教室。我們當然也應該趕快追上去，但緊接著進來的中村同學比出一個叉的手勢，通知我們時間到了。

「……夕由我去追，真樹和新奈先回教室。中村同學，對不起，給妳們添麻煩了，但我們也走吧。」

「好耶來啦。大家，雖然弄得有點混亂，但準備工作不能懈怠……啊，當然杵在那裡的那個小麥色辣妹，妳也一樣喔。畢竟妳是我們的對手。」

「……我知道。而且小麥色辣妹是什麼啦。」

「哈哈哈，別瞪我別瞪我，不然可就糟蹋了妳那張還挺可愛的臉喔？」

於是十一班隊伍與荒江同學也都跟著海出去，只剩我和新田同學留在原地。

「……欸，委員長。」

「什麼事？新田同學。」

「她們在這樣的氣氛下去打比賽，情形會變成怎樣啊？」

「好吧，我想眼前也只能祈求一切平安吧……」

我被班會開始時的忙亂人流吞沒，回到教室後，立刻想起了前幾天二取同學與北条同學告訴我們的事情。

※※※

縣級大賽準決賽，第一場比賽。

我，二取紗那繪所屬的橘女子學園籃球隊順利贏得勝利，進軍決賽。今年為了達成去年的學姊們功虧一簣未能摘下的縣大賽冠軍，包括隊長在內的新隊伍，在結成時就非常投入。所以目前至少能站上決賽的賽場，就讓我鬆了一口氣。

決賽是在可以先稍事休息的午休時間過後，下午兩點開打。所以在今天結束之前，都還得繃緊神經才行。

「紗那繪，辛苦了～」

「茉奈佳，辛苦了。隊長說接下來要怎麼辦？」

「她說第二場比賽會在二十分鐘後開始，所以在這之前可以自由休息。等看完第二場比賽，主力球員中午就一邊吃飯一邊開會。」

「嗯。那我們去呼吸一下外面的空氣吧。」

「OK。」

今天就會決定縣大賽的冠軍，所以有許多人都來到了會場。有出場球隊的相關人士，已經得出結果的其他地區學校派來的偵察員，以及單純來加油的學校學生與家屬等等，觀眾席籠罩在一片還挺熱絡的氣氛當中。由於是縣大賽的會場，空調很強，但空氣就是很悶熱，讓人喘不過氣來。

由於是夏天，外面也很熱，但我想把室外清爽的空氣吸進肺裡，所以先發訊息徵求隊長許可，然後帶著好朋友之一的北条茉奈佳走出體育館的更衣室。

「欸，茉奈佳。」

「嗯？什麼事～？」

「剛剛的比賽，還挺讓人冒冷汗吧？」

「……嗯。第一節被領先的時候，我內心就覺得這可能有點不妙。」

「就是啊。茉奈佳慌了手腳的時候，眼睛都會睜得比平常大。」

剛才的比賽裡我也全程出賽。雖然最終的比分是壓倒性勝利，但在對方完全喪失戰意的第四節以前，都完全不能鬆懈。

最有威脅的就是擔任對方隊長，背後四號的球員。記得是叫荒江同學吧？她引領直到上個年度還只打得到預賽的學校打進淘汰賽，勢如破竹地一路打進前四強，是球隊的核心。

坦白說，在這種熱烈進取的氣氛當中打上來的球隊，非常棘手。當然我們早知道會對上這一隊，所以早已留意。然而實際在球場上對峙，深深感受到她真的是很棘手的對手。

首先，她的每一個動作都做得很好。多半是透過書或影片等媒體，研究過職業球員的動作，然後一心一意地練習吧。她那節奏獨特的運球和假動作都很難防守，而且從任何地方都能投籃命中。當然也不缺刁鑽的助攻，如果只說個人技術，比起我們隊長多半都是有過之而無不及。

雖然比賽途中由我和茉奈佳兩人包夾，勉強守住了她，但即使如此，還是有一半以上的較量都是我們失利。

結果靠著包括隊長在內的出場球員整體戰力，在第三、第四節一口氣打垮了她們，但如果對方再多一個球技像她那麼好的球員就難說了——準決賽就是這樣一場比賽。

荒江同學鑽過我們兩人的防守，漂亮地投進球時，那種「由衷享受打籃球的樂趣」的表情，仍然烙印在我腦中。

籃球喜歡歸喜歡，但也因為無論我還是茱奈佳，原本都是爸媽說「去參加社團活動」才加入，因此有點羨慕她能這麼純粹投入自己喜歡的事情。

讓我看到這種表情的女生，荒江同學是第二個。

我單純覺得想跟她聊聊。

「茱奈佳。」

「什麼事啊～？」

「剛跟我們打過的那隊，不知道是不是還留在會場內？」

「誰知道呢～？不過總是要開開會，換換衣服，所以荒江同學多半也還沒走吧？……如果想跟她聊聊，要不要一起去見她？」

「嗯。謝謝。」

「不客氣～」

茱奈佳立刻聽出我話中的意思，實在很可貴。我跟她是從幼稚園時就開始的交情，所以靠察言觀色就知道彼此在想什麼。

我們兩人討論到有個飲料會比較好，於是在會場入口附近的自動販賣機買了運動飲料，然後穿過會場中央的球場，走向我們認為荒江同學會待的更衣室。

房間的燈開著，還不時傳來說話聲。這也就表示荒江同學似乎也還留在裡頭。

「是不是還在開會呢……那我們就在這裡等一下吧。」

「就是啊。」

為了抓住她們出來的時機打招呼，我們靠在牆上，等她們開完會。

見了面要說些什麼呢……這點還沒決定，但我想只要說出她的表現令我們留下深刻的印象，以及我們單純覺得她好帥氣就可以了。

比賽剛結束就由勝者對敗者說這樣的話，會不會很奇怪呢……搞不好對方會露出厭惡的表情，但到時候也只能道歉了吧。

當關緊的門後傳來的說話聲停歇，我們心想荒江同學終於要出來的這一瞬間。

砰！

「咦……！」

隨著這麼一聲巨響，門後跑出兩個穿運動服的女生。

這兩人當然我們都見過。畢竟先前才在比賽中對上，所以當然記得。一個是剛才比賽中先發出場的隊員，而另一個就是我等的人——荒江同學本人。

兩個人都狠狠瞪著對方。

「……什麼？妳說什麼？剛剛……剛剛那句話，妳再說一次看看！」

「我說以後不用再配合妳的任性，讓我覺得清靜多了——我說的就是這句話！」

似乎是猛力衝出來時掉落的，從被荒江同學揪住的女生包包裡，止汗噴霧與口紅等小東西灑了一地。

她們該不會是在爭吵？我偶爾也聽說有些球隊大敗之後會大吵一架，但還是第一次撞見這麼劇烈的扭打。

「老實說，我，不，『我們』根本就沒想在社團活動上這麼努力。又不是大賽常客，練習差不多就好，之後的休息時間就跟朋友去逛街，或是打打遊戲……那樣就很好了。」

「那麼為什麼一直追隨我到今天！我們不是朝著同一個方向在努力嗎？不是說好絕對要在縣級大賽拿到冠軍，所以從早到晚都不放假，一起努力嗎？所以原來妳們很抗拒嗎？」

「是啊。而且新球隊的第一場練習賽裡，我們打贏了縣內前八強的學校以後，事情就開始走樣了。渚，因為幾乎都靠妳的個人秀打贏，那個臭指導老師突然被妳的三寸不爛之舌說動，加入一大堆平常絕對不會做的練習菜單。妳真的很多事！」

「因為那不就是為了獲勝得要做的事情嗎！妳們不也有過一點這樣的心情嗎？」

看樣子她們是在說以往的練習。聽來練習很嚴格，但要拿下好成績，我認為多少是需要努力的。

因此我個人和荒江同學同意見……不過，當然也有人有不同的想法。

「……的確也不是沒有啦。可是啊，終究只是差不多就好。妳懂差不多是什麼意思嗎？我們只是討厭第一輪就輸掉，不想搞得那麼遜，只要不是那樣就好了。像什麼縣大賽冠軍這種遠大的目標，根本不需要。可是如果坦白說出這種話，根本不知道會被指導老師說成怎樣，而且我們也覺得如果被這個指導老師中意的妳發現，事情也很不妙……」

「……意思就是說，所以妳們察言觀色，只好心不甘情不願地參加練習？」

「算是吧。畢竟也因為練習，技術也有些還可以的進步，也經常聽旁人誇我們好厲害好厲害感到有點驕傲。直到途中都還是……可是，我萬萬沒想到會在最後關頭弄得這麼遜。甚至覺得早知道會這樣，還不如在八強戰打得勢均力敵，小比分輸掉。」

最後。也就是指跟我們的那場比賽。

比賽剛開始時是對方的氣勢比較旺，但隨著時間推進，比分差距拉開到十分、二十分、三十分，到了四十分，四周的觀眾們都已經對荒江同學這隊投以憐憫的視線。

「——這樣也進四強喔？根本是屠殺吧。」

「——對方的王牌都換下去，完全看扁她們了，結果不知不覺間打出三倍的分數了……啊，橘女子超過一百分了。」

「——在努力的就只有那個當隊長的？都沒有隊友支援，好可憐喔～」

雖說是板凳球員，但實力差距很小，而且包括換上來的球員在內都是全力以赴，不過看在外人眼裡似乎就是那樣。

比賽即將結束之際，漸漸聽得見這樣的聲音。

「……妳說這些話是認真的？其他人也都一樣？」

聽到荒江同學這麼問，她的隊友們一起低頭不語。

她們什麼都不說，但想必這就是答案了吧。

「我想每個人的意見都不太一樣，不過大概都跟我一樣。雖然渚這種這年頭少見的熱血運動少女，多半不會懂我們的心情啦。」

「……是嗎？那就算了。我本來想著如果可以，高中也要同一隊……不過如果全都是這種凝手凝腳的傢伙，我也用不著妳們了。用不著。愛去玩還是去哪裡都儘管去啊。」

「啊……」

如此說道的荒江同學也不整理因為扭打而弄亂的服裝儀容，跑向體育館外。

其實這個時間點上，我們也許就應該追上去。也許應該去和她說一聲，說她一點都不遜，她的表現很棒。

然而即使這麼想，但我和茉奈佳都呆呆站在原地，一步也沒能踏出去。

因為當時的我們都不知道對一個根本不認識，而且還哭紅了眼睛跑掉的女生，該說什麼話才好。

「……紗那繪，隊長有聯絡了。說時間差不多了，要我們回去。」

「嗯……嗯。」

結果我們從那之後，就再也沒見到荒江同學。我們上了高中後也繼續打籃球，但當然也不可能會在球場上重逢。

……這就是我二取紗那繪的幾個後悔之一。

※※※

以上就是我們從二取同學和北条同學聽來的「荒江渚」的一切。

當然了，我們也不打算斷定荒江同學是為了這個理由，不再參加競技性質的籃球。畢竟從她們的說法聽來，她本來打算上了高中後也要繼續打籃球，雖然不知道為什麼這會變成她討厭天海同學的理由，但即使如此，我想仍然可以確定這就是荒江同學心境轉變的導火線。

由之前一直一起奮戰的隊友說出這種可說是背叛的話，多半足以讓人失去動力。

現在的教室裡，班導八木澤老師正在傳達班際比賽相關的事項，但坦白說，我完全聽不進去。

我就是擔心海跟天海同學。

當班會結束，我也立刻快步前往體育館。十班除了女子籃球隊以外，男生的排球隊也是排在很早的時段就開打，所以或許是為了以賽前練習為優先，來加油的人不是那麼多。

天海同學與荒江同學這兩位在十班十分醒目，但從遠處看著她們之間的氣氛險惡到這個地步，會讓人遲疑著該不該為她們加油。和我一樣前往體育館的，只有疑似想看天海同學的男生，以及幾個和天海同學要好的女生。

加油聲很少固然顯得冷清，但人少的狀況我也比較可以無所顧慮地為海與天海同學加油，所以雖然小聲，但我想努力動動喉嚨。

我找了個不至於礙事，但又多少能聽見海與天海同學說話的地方坐下，耐心等待比賽開始的跳球。正好新田同學也坐在附近，她跟七班的女生們一起。

擔任裁判的籃球隊隊員哨聲一響，負責跳球的兩人走進中圈。

十班是天海同學，十一班是中村同學。跟上次的練習賽一樣。

「請多指教，小天。雖然時間很短，但我們彼此加油吧。」

「嗯。我才要請妳多指教。」

兩人輕輕握手，接著女子籃球的第一場比賽就開始了。

在一開始的跳球中得手的，仍然是天海同學。

「唔……真是的，妳還是那麼會跳！」

「……嘿呀！」

最先碰到球的是中村同學，但天海同學只慢了那麼一點，當她伸來的手指碰到球，隨即以自豪的體能，從中村同學手中強行搶下了球。

——喔喔真的假的？

——那個女生剛剛那一跳，滯空時間會不會太猛？

準備在下一場比賽使用這個球場的學生們當中，也能聽到零星的驚呼，但看在一直就近看著她訓練的我眼裡，並不值得那麼吃驚。

天海同學努力搶下球後，最先接到球的果然是荒江同學。

在之前的練習賽上，她接著就帶球切入，上籃得分。然而——

「……傳球。」

荒江同學接到球後，就如她的預告，立刻回傳給了天海同學。

荒江同學一點幹勁都沒有，就只是站在那裡。而她傳的這一球，輕輕地彈跳到天海同學腳下。

若不是海選擇回到己方半場加強防守，這個傳球多半早已被截走，她的動作就是這樣有氣無力到了極點。

「……好了，進攻就交給妳了，趕快去籃下吧。」

「唔……」

聽到荒江同學果然毫無退讓之意的指示，天海同學先把球慢慢帶到對方半場。

最先來盯防天海同學的是好朋友海，但也因為有過剛才的衝突，表情中還是有著幾分不知所措。

「夕，我還是把話說在前面。我不會手下留情。」

「嗯。不然就對不起大家了。」

「那就來吧。」

「嗯。」

然而即使有苦衷，也不能給其他人添麻煩，所以眼前還是先以天海同學為中心來進攻。

荒江同學幾乎完全不參與球賽，獨自一人在後方的半場中線附近閒晃，所以實質上是四打五，但她們仍試圖引發十一班的團隊失誤，接著——

「啊！小朝抱歉……」

「抱歉，我也——」

天海同學抓住動作不太敏捷的中村同學換防空檔，同時擺脫了海的盯防，在無人防守的狀況下接到了隊友的傳球。

從十班拿球起，二十四秒的進攻時間就快要用完。

因此這本來應該是難得的投籃機會，但天海同學這時卻轉向了與籃框相反的方向。

「嗯……！」

用力朝荒江同學扔出了球。

「妳……！」

荒江同學雖然不及細想就伸出了手，但似乎是球傳得用力過猛，她沒能接穩，球彈到了身後。

緊接著宣告時間到的哨聲響起。

——咦？剛剛那是怎樣？

——明明是投籃的好機會，為什麼突然做那種事……

為數不多的觀眾發出不解的疑問聲，但從知道內情的我們看來，則會覺得「果然啊」。

「天海，妳這傢伙……！」

「我不是說過我不會退讓嗎？荒江同學，我們一起出醜吧？」

這次的天海同學似乎相當倔強。

哪怕己方的得分會以零分做收。

「……夕，妳是認真的吧。」

「海……嗯。我打算照之前的練習，專心支援荒江同學。」

敵隊的海，以及觀眾席上的新田同學也露出了「果然如此」的表情。

而我當然也是。

從整個球隊的觀點來看，這樣的打法有非常大的問題，但與天海同學一起練習的其他隊友似乎都接受了，並未做出責怪天海同學的舉動，反而盯著荒江同學看。

要是荒江渚不努力，現在，還有之後的比賽都會一敗塗地——她們的表情給人這樣的感覺。

「好啦大家，不要發呆，球權歸我們了。我們也得好好發揮我們訓練的成果才行！」

「的確是啊。對方鬧內訌的現在，對我們來說正是大好的機會。」

儘管球場上一時陷入沉默，但緊接著拿到球的海這麼一說，十一班隊就重新振作起來。

因為她們也好好練習過，處在內訌狀態的十班隊自然不可能守得住。

「涼子同學，妳行的。」

「嗯，包在我身上。」

早川同學接到海的傳球，穩穩從籃下投進球，率先得分。

是一次從比賽重新開始還花不到十秒的快攻。

「來，球給妳。」

「唔！妳們一個個都……」

荒江同學接到隊友傳來的球，瞪向已經在對方半場內奔跑的天海同學。

天海同學宣告過她接到球就會傳給荒江同學，但除此之外似乎都在好好打球。不是只呆站在原地，還會好好擺脫盯防，盡可能製造無人防守的狀態，爭取更好的機會。

好讓荒江同學作為球隊的王牌參與進攻時，自己能夠扮演好支援的角色。

而其他隊友也是一樣。

「荒江同學，來，還給妳。」

「我們都有人防守了，所以妳傳球要想清楚。還有妳自己沒人盯防，得投籃才行。」

荒江同學無法再把球傳給天海同學，為難地想把球傳給其他隊友，但她們也和天海同學一樣，立刻就會把球傳回來。

——欸欸，那是在做什麼？

——鬧內訌？都在把球讓來讓去嘛。

——不進攻就一輩子都贏不了啊～！

——這是在做什麼？好無聊。

完全感受不到進攻欲望的無聊內容，讓四周的觀眾也開始有這樣的聲音傳進我耳裡。

然而天海同學還是根本不介意局外人的聲音，哪怕分差愈來愈大，她還是照自己的宣言，一直把球傳給荒江同學。

傳給頻頻看向旁邊觀眾的荒江同學。

也因為處在這樣的狀態，讓她完全無法專注在眼前的敵手身上。

「——球我要了！」

「啊……！」

多半是聽見了自己的壞話吧，荒江同學朝場外的男生們瞥了一眼的瞬間，七野同學並未錯失良機，發揮她個子小的優勢一鑽，抄走了球。

「七野同學，這邊！」

「好喔！」

海在她抄球的瞬間就已經朝籃框衝刺，接到這一球後一路切入無人防守的籃下，漂亮地上籃得分。

上半場進行到一半左右，比分差距一步步擴大。

——這場比賽已經不用看了吧。

——是啊。我們去看別的吧。

也因為比賽發展呈現這樣的狀況，觀眾已經開始去看其他比賽，不知不覺間，除了十一班來加油的同學外，就只剩下我與新田同學等極少數人還在看比賽。

雖說早已覺悟到會有這樣的情形，但這狀況應該會讓天海同學和其他隊友也很難受。

然而即使處在這樣的狀況下，十一班隊也沒有緩和攻勢。

「小朝，上啊！」

「嗯！」

海在中村同學的低位策應下擺脫了防守，從三分線投籃。

「……好，會進。」

大概是手感特別好，海這麼喃喃說完便握緊拳頭，接著就看到畫出漂亮弧線的球，靜靜地穿過籃網。

從比分來說，完全呈現出一面倒的情形。

「小朝，漂亮！」

「好帥！好可愛！」

「不愧是我們班的偶像！」

「真……真是的，大家笨蛋……！」

海微微紅著臉，回應隊友的聲援。

海很可愛，而且看著海這樣神采奕奕的模樣，也讓我非常開心。但身為十班的人，卻又覺得五味雜陳。

「…………」

「…………」

至於十班的情形，眾人一直不發一語。換做是平常，即使落後，活力充沛的天海同學也會以她一貫的活力，讓周遭都開朗起來，但今天她自己就是製造這種原因的元凶之一，所以表情還是顯得黯淡。

「來，荒江同學。球給妳。」

「…………」

天海同學撿起在籃下滾動的球，傳給荒江同學，但荒江同學終於理都不理了。

球出了邊線，球權立刻歸十一班隊……但這情形就連對方球隊也不由得嘆氣。

「……喂喂，小麥色辣妹，再怎麼說也不能這樣吧。」

「囉唆，也不想想妳就只有長得高。」

「哼～？那被這樣的我們打得大出洋相的，又是哪個傢伙啊？」

「唔……隨妳去說吧。」

接著十一班隊又拿到了分數。

我不太想說這種話，但這狀況是不折不扣的一面倒比賽。

應該說根本不是比賽。

「欸，小夕，這樣下去……」

「就是啊。再這樣下去，對於十一班的人也很過意不去，至少我們幾個接下來該好好努力……」

多半是實在坐立不安，先前一直協助天海同學的隊友們也發出了這樣的聲音。

雖然想尊重天海同學的意思，但一直打出有氣無力的比賽內容，難免令人印象不好。

但即使如此，兩名當事人還是不作聲。

再怎麼強調這只是一種叫做班際比賽的「遊戲」，但輸成這樣，應該會相當丟臉。雖說看的人少，但多半有好一陣子，都會變成負面的說笑話題。

繼續互相逞強也沒有意義，反而會讓狀況惡化，這點她們兩人也很清楚。

荒江同學再也不想理會這一切。

而天海同學說什麼都無法容許她這樣。

從比賽開始以來，兩人都變得騎虎難下。

「……怎麼辦才好呢？」

我看著天海同學與荒江同學的表情，自言自語。

如果兩人能互相釋出善意，答應以隊友立場合作，即使很難反敗為勝，但狀況仍然會不一樣。

國中時代展現出色個人技術的荒江同學，以及以令人意想不到的動作與體能，打得對手出其不意的天海同學。

海所率領的十一班隊非常團結，比分差距也拉得很大，但即使如此，只要兩個王牌球員攜手合作，說不定就會有辦法。

對海而言，這樣的對手應該也比較值得去對抗。我看向海，發現她雖然並未放水，但似乎也不時會露出關心天海同學的表情。

「既然球場上沒辦法製造隊內討論的機會……」

我忽然朝海看去。雖說海是我們班的敵手，但我最支持的是海這點並未改變。

我很希望海能戰勝既是她的好朋友，在班際比賽時又是對手的天海同學，由衷對我露出一副「怎麼樣，看到了吧？」的得意表情比出勝利手勢，讓我將她這可愛的模樣深深烙印在心中，說一聲：「妳好帥。」緊緊抱住她。

為了實現這個目的，無論如何都需要她們兩人的協助。

無論海、天海同學，還是荒江同學。

我希望能讓她們在每個人都拚命努力的狀況下，好好做出了結。

因為我認為這樣，多半遠比現在更符合她們三人的本色。

海與天海同學不用說，荒江同學多半也是露出國中時代那種生龍活虎的表情，要比現在皺著眉頭的樣子要好得多了。

這不是開玩笑，過往影片中的荒江同學顯得閃閃發光。

……就像在場的天海同學一樣。

「……加，油！」

聲音比我意料中更發不出來，所以我再次深深吸氣，然後在重重呼氣的同時喊出聲音。

「加油……加油啊～十班！」

「唔！真樹，同學……？」

天海同學聽見加油聲，抬頭朝我看過來。聽到先前完全沒有人加油的十班首次得到像樣的加油聲，無論海、新田同學，還是十一班的其他人都大吃一驚。

在這種狀況下做出引人注目的事情，固然令我難為情，不過之後被取笑幾句這點小事就忍著吧。

「上半場還沒結束！現在開始追分還來得及！所以大家加油啊！」

加油不值得誇大，卻也不能小看。我認為不只是抱怨，在球場上無可奈何的時候能推球員們一把，也是作為觀眾的職責。

當我的聲音迴盪在本來沉靜得像是在辦喪事的球場上，周圍的人們都瞪大了眼睛看我。

為同班的隊伍加油應該是很正常的事，但之前都獨自靜靜看著的傢伙突然大聲呼喊，難免會嚇到人吧。

可是現在我沒心思在意這種事情了。

「天海同學，回想起妳跟二取同學她們練習的時候。她們兩個說：『重要的是就算比分落後，在時間到之前，都絕對要抬起頭。』還說那反倒才是最重要的。」

「……！」

那是答應當教練的她們兩人，對好朋友海與天海同學給出的重要建議。

她們說即使是有在鍛鍊技術與體力的她們，最重要的仍是「精神」。

說低著頭就會看不見籃框，也會看不見明明就在周圍的隊友，這樣等於自己主動輸球。

賭氣的天海同學漸漸忘了這件事。

現在的狀況下，能把這種聲音傳達給她的人，就只有我和新田同學。既然海屬於敵方隊伍，總不能幫助敵人，而新田同學也不是這件事的當事人。

正因為這樣，才非得由我說不可。

「阿夕加油！上半場還沒結束，而且還有下半場。只要連續投進十個三分球，完全還追得上！」

「唔！新奈仔……」

我開頭發出加油聲，新田同學立刻察言觀色，以平常的語氣對天海同學加油。

新田同學朝我瞥了一眼，用混雜著幾分傻眼的笑容豎起食指。似乎是在說：「你又欠我一次了。」

而且，似乎是被新田同學的加油觸動，等著參加下一場比賽的新田同學七班隊伍也開始出聲加油。

——加油啊十班，還有得打！

——為了下一場要上的我們，妳們要好好暖場啊！

——不要一直打這種沒看頭的比賽～！

儘管人數不多，但出聲加油的人一個個增加。

「真樹同學，新奈仔，還有大家也……」

聽到這些加油聲，天海同學眼看就要低垂的臉上慢慢恢復了活力。

「啊啊真是的，我真傻……到現在都還在逞強，忽略了最重要的事情……！」

天海同學似乎也漸漸找回了冷靜。

她撿起滾在地上的球，再一次走向荒江同學。

「荒江同學，我說啊。」

「……什麼事？」

「……對不起！」

接著天海同學對荒江同學深深一鞠躬。

「我一直在賭氣。自己說不摻雜私情，但就因為不能原諒荒江同學，結果對自己的球隊，對方的球隊，也對來看比賽的大家添麻煩……我真的，好傻。」

「…………」

荒江同學面對如此道歉的天海同學沒什麼反應。然而她雖然不吭聲，卻不像之前那樣躲著她或當她是空氣，而是一動也不動地看著天海同學。

「之前我都努力試著跟妳來往，但是對不起，我還是討厭荒江同學。畢竟我什麼都沒做，妳自己就討厭我，還對我朋友說過分的話……現在打球也都打得有氣無力。」

「可是啊——」天海同學說下去。

天海同學和先前不一樣，不解與憤怒都從她的表情中消失。

「這樣的妳，也有一個地方讓我覺得好厲害。國中時的荒江同學真的好厲害。妳引領著隊友們，連打輸的比賽也是直到最後都不放棄，拚命咬住比分……坦白說，我都不爭氣地覺得妳好帥。只是我討厭荒江同學，所以也只有那麼一點點。」

「……是嗎，那還真巧，我也討厭天海。」

「嗯。我覺得這樣也沒什麼關係。人與人之間，總之多多少少都會遇到這樣的對象……可是。」

天海同學說到這裡，雙手穩穩把球遞向荒江同學。

「只有現在這個時候，我希望妳幫我。因為要想辦法打贏這場比賽，絕對需要荒江同學……所以我再一次拜託妳，請妳幫助我。我需要妳。」

天海同學以再耿直不過的眼神，對荒江同學說出了關鍵性的一句話。

「因為哪怕只是遊戲，我也不想輸。」

「……！」

荒江同學露出不解的表情。她不能像之前那樣擅自放棄比賽，所以只能在對十班的加油聲浪高漲的此時此地做出回答。

「……妳覺得打得贏？雖然弄成這樣是我們兩個害的，但我們班還是零分耶？上半場也快要結束，剩下的就只有下半場的十分鐘。就算這樣，妳還是覺得打得贏？」

「我也承認狀況很吃緊。畢竟對手也很強。可是可能性也不是零。對吧？只要不讓對手得分，只有我們一直得分。」

「……妳白痴啊？」

「嗯，我是很笨。我的好朋友也常這麼說我。」

「嘖……我果然最討厭像妳這樣的傢伙了。」

荒江同學咂嘴一聲，也不接天海同學遞出的球，緩緩走向對方半場。

天海同學說到這個程度還是不行嗎……就在我如此心想的下一瞬間，荒江同學擺出了準備接球的動作。

「……天海，妳在做什麼？進攻……球給我。」

「唔！荒江同學……」

「既然妳這麼說，就先在球場上證明吧。只靠一張嘴，要說什麼都行。」

「嗯……嗯，包在我身上！大家，對不起我直到剛剛都在耍任性，接下來我們要好好進攻！」

從比分來看，從現在起要反敗為勝將會相當艱難。然而，接下來有著會拿出真本事的荒江同學與天海同學。

相信接下來的比賽一定很精彩。

「唉～唉，虧我還想說對手就這樣自暴自棄就好了，結果那傢伙接下來多半會殺紅了眼來跟我們打。」

「都是因為某人多嘴……對吧，小朝？」

「唔……」

站在海那隊的立場，當然是我們繼續鬧內訌最好，所以多半認為我在給她們找麻煩吧。

我在心中說聲對不起，朝海合掌低頭。

「……略。」

海與我四目相對，朝我吐舌頭。

我確實期盼海獲勝，但做的事情無異於資敵，所以她會這樣也許是當然的。

之後多半會被說得很難聽，不過站在我的立場也只能道歉就是了。

「……好了大家，接下來才是重頭戲。讓我們給那些靠同情加油振奮起來的傢伙迎頭痛擊，讓她們沒話說吧。」

「「「「喔喔！」」」」

海指揮眾人時，臉上露出了比先前更開心的笑容。
從去年秋天跟海當了朋友以來，過了大約半年。
我似乎也被這些很青春的事情給感染了啊。
……只是這樣的感覺絕對不差。
就因為我多管閒事，在上半場即將結束之際，總算開始團結起來的天海同學這一隊從此開始了反擊。
「荒江同學，拜託妳了！」
「我知道啦……受不了。」
荒江同學接到來自天海同學的傳球，首次像樣地運球進攻。
「總之先還妳們一球。」
上半場只剩少許時間，但荒江同學鎮定地觀察對方球隊的五個人。
海立刻攔在她的去路上。
「妳好啊。」
「受不了，妳也很纏人啊。」
「因為我覺得仇還遠遠還沒報夠。妳們正要振作起來，說來真不好意思，但我不會讓妳們稱心如意。」

「喔，是嗎……！」

海與荒江同學妳一言我一語地開始了攻防。上次的練習賽中，海始終被荒江同學的個人技術壓倒，但她和二取同學與北条同學兩人進行的防守練習並未白費，即使一對一也穩穩跟上。

其他四個人也各自盯住自己防守的球員，並伺機抄截她對另一個危險人物——天海同學的傳球。

這陣仗彷彿在說：「有本事就投進啊。」

當時間剩下五秒，荒江同學有了行動。

「天海，別發呆，跑位啊！」

「嗯！」

「唔！這個變向，我有點跟不上啊——」

天海同學發出清脆的球鞋聲，一瞬間擺脫了中村同學的盯防。

「……明明就有好好練習嘛。」

「因為我想贏海啊！」

「那妳可要投進。」

天海同學擺脫防守，得到絕佳的投籃機會。

雖然沒有時間慢慢瞄準，但既然前面沒有人防守，天海同學應該會投進吧。

天海夕這個女生，就是個在這種事情上會說到做到的人。
荒江同學的視線朝向天海同學，就在這所有人都認為她要傳球的瞬間。
荒江同學嘴角露出些許笑意。
「我本來想傳，不過還是算了。」
「咦……！」
荒江同學把作勢要傳出的球重新拿穩，直接投籃。
位置緊貼在三分線外──但也因為出其不意，這一球幾乎是在無人防守的狀態下出手，劃出漂亮的拋物線進入籃框。
緊接著宣告上半場結束的哨聲響起。
──喔，十班漂亮！
──這球很棒嘛！
──分數還差很多，但是加油啊！
十班第一次得分，迎來了少許起勁的加油聲。
荒江同學投進後慢慢回到己方半場，天海同學第一個給了她祝福。
「漂亮，荒江同學！妳的投籃還是好漂亮，坦白說我真有點看呆了。」
「畢竟很久沒打了，差不多就這樣吧。沒什麼大不了的。」
「呵呵，說得也是。不過這樣好嗎？不是由我投進。剛剛妳要我跑位時，明明說過要我投進。」

「啥？我說過這種話嗎？我腦子沒那麼好，剛才說的話我全都忘了。」

「唔！荒江同學……」

荒江同學和比賽開始時迥然不同，表情柔和得判若兩人。我有了這樣的感想，但就她國中時代的影片看來，現在的她反而才是原本的面貌吧。

「不過妳可別誤會。終究只是因為對妳的好朋友火大才幫妳，我還是一樣討厭妳。」

「……荒江同學，妳該不會是傲嬌吧？」

「不對，才不是。我為什麼就要對妳嬌？有夠離譜。」

……不，我覺得任誰看了都會覺得是傲嬌。

其他隊友似乎也這麼想，以看好戲的視線看著天海同學與荒江同學兩人的互動。

「而且剛才是我投進了，但是下半場妳也要有表現。包括其他傢伙在內，我會狠狠使喚妳們。」

「嗯……嗯。拜託妳了，小渚！」

「小渚……喂，不要突然叫得那麼親熱。我就說妳這種地方很煩，妳有聽懂嗎？」

「誰知道呢？我腦子沒那麼好，之前別人說的話我可能會忘記。」

「……這傢伙，真的很煩……」

荒江同學說得很不客氣，不過一旦對天海同學敞開心胸，就再也無從抵抗了。接下來就會一口氣拉近距離，不知不覺間就成了「朋友」。

照海的說法，這就是天海同學一貫的「交朋友」方式。即使一開始印象不好，只要在學校節目或班上的活動一起行動，不知不覺間就是會放下戒心，變成朋友。

也就是說「天海夕」是一個會做出這種事情的女生。

「漂亮，荒江同學。還有天海同學的跑位也很棒。」

「嗯，真樹同學，也要謝謝你的加油！來，小渚也要好好回應。」

「啥？為什麼要我……而且就算他不說，我本來也打算差不多要開始行動了。」

「……傲嬌。」

「啥！你說什麼！」

「沒啊，我什麼都沒說……」

我喃喃說出的一句話，讓荒江同學做出一貫的咂嘴反應。

「喂，前原。」

「嗯？什麼事？」

「……話先說在前面，你也一樣，我並不是原諒了你。」

荒江同學說完這句話，回到隊員圍成的圈子裡。

並不是一切都就此解決了，但眼前班際比賽期間，應該可以就這樣有所改善吧。

接下來我也靜靜地為大家加油吧。

我看準進入下半場前的飲水休息時間，偷偷去找海所在的十一班隊。我本打算從遠處觀望，但包括海在內的五個人都對我招手。

……也是啦，總是不能逃避。

「喲喲前原氏，你看看你做的好事～」

「你這個叛徒～」

「竟然在朝凪同學面前為其他女生加油，這實在讓人很難稱讚啊。」

「這總該是需要處罰的狀況吧。對吧，小朝？」

「……笨蛋。笨蛋真樹。你這沒用的男朋友。出軌男。開後宮混蛋。」

「這……這再怎麼說也太誇張……啊，不，對不起，妳說得對。」

一被包圍立刻就受到所有人的集中砲火攻擊。姑且不說其他四人，海的視線就讓我覺得很難受。

無論上半場的比賽內容有多無聊，能輕鬆獲勝仍是再好不過。

為了海，為了天海同學——我嘴上這麼說，但到頭來那也只是我的私心。

「算了啦，過去的事情也沒有辦法……小朝，下半場要怎麼辦？一旦那兩個人聯手，多半會弄得挺棘手。」

「眼前就先各派兩個人去盯防這兩個人吧。雖然相對的會有兩個人放空，但這也只能祈禱了。」

「這樣一來，就只能靠我努力搶籃板球了嗎？」

「嗯。雖然會變得責任很重大，但就交給中村同學了。」

某種程度上，會採用這種戰術也是無可奈何，但考慮到她們兩人的實力，這多半就是最好的方法了吧。

利用上半場的領先優勢，想辦法撐到比賽結束。我認為這個戰術很穩健，有海的風格。

「好了，下半場的戰術也決定了，再來就是……美玖、楓、涼子。」

「「「了解。」」」

休息時間就快要結束時。

我打算目送她們五個人離開，想著下半場真的要專心觀戰，於是準備從她們五個人圍成的圈子裡離開的瞬間，卻聽到中村同學一聲令下，七野同學、加賀同學、早川同學這三人抓住我的肩膀，留住了我。

我應該已經被罵夠了，但她們似乎還有事情要我做。

「請……請問……有什麼事呢？」

「你還請問有什麼事，想也知道吧。對不對？」

「嗯。」

「算是吧。」

「咦？」

我搞不太清楚狀況，她們三個人看著我，嘴角上揚。

「中村，小朝呢？」

「嗯，這邊也沒問題。」

「請問，中村同學要做什麼——」

「好的。兩位客人光臨～」

「咦？等、等一下……」

當我發現海也同樣被中村同學抓住的下一瞬間，我們被身後的四人在背上用力一推，跌進了位於體育館旁的體育倉庫。

腳下正好有一塊體操用的大軟墊，我與海被他們這樣一推，不由得都倒到墊子上。

「中村同學，這是在做什麼？怎麼回事？」

「——讓你們兩個獨處一會兒，妳就趁這個機會，讓前原同學為妳加油打氣吧。畢竟我們班贏不贏得了，就看小朝的活躍了。」

緊緊關上的門後，傳來中村同學說話的聲音。

「中村同學？中村同學，等一下。」

海立刻從內側敲門，但她們似乎似乎牢牢按住門，完全推不動。

「欸，真樹，這情形。」

「……嗯。」

……看樣子除非我為海加油打氣，否則她們就不肯放我們出去。

「真是的，大家又在多管閒事。」

「哈哈……是啦，我只為天海同學加油確實不公平。」

「……就是啊。虧你還說會為我加油。真樹笨蛋。」

「嗚……這個，真的很對不起。」

雖說海也同樣擔心天海同學，但她站在對方的立場看著我為天海同學加油，心中想必五味雜陳。

「真樹，現在只有我們兩個人，所以我就說了。」

「……嗯。」

「看到夕的臉色因為真樹的加油而變得開朗時，我不由得感到好嫉妒。真樹你拚命擠出聲音所以多半沒看到，但我問大家，他們都說那個時候的我臉色好難看。」

「這樣啊……海，真的很對不起。」

「不會。我才要說對不起，對你說這種話。本來那個角色應該要由我來扮演，結果全都交給了真樹。為了讓夕打起精神，不管要打她巴掌還是彈她額頭，都應該由我去做。」

「不，比賽中這樣做，就不只是犯規的問題了……」

話雖如此，但海也想用行動為天海同學加油打氣，這點只要看她上半場的表現就知道。

領導個性很強的隊員，有時還自己得分來鼓舞、引領球隊。

正好就像天海同學想做的那樣。

「不用擔心，我知道海有好好在努力。當然了，像天海同學、新田同學，還有中村同學她們也知道。」

「……嗯。」

「海，妳好棒。」

「嗯。謝啦，真樹。」

我為了慰勞她上半場的努力，輕輕摸她的頭，海就撒嬌似的把臉埋進我胸口。

似乎是因為直到剛才都還在反覆衝刺，聞得到汗味混在平常淡淡的洗髮精甜香裡。

這當然不是討厭的氣味，所以我也不當一回事，就這麼緊緊抱住她。

「欸，真樹，可以拜託你一件事嗎？」

「是可以，什麼事？」

「我也要……不對，我還是不只要這樣，我要你給我比夕更多的加油打氣。」

「妳是說，這個……不只是以後也盡力為妳加油？」

「那還用說。你覺得那樣可以讓我進入最佳狀況嗎？我是個愛吃醋到讓人嚇一跳的女生，這件事你明明全都知道。」

「是這樣沒錯啦。」

話說回來，只要海能夠打起精神，我什麼都想為她做，但現在實在沒有時間。

我們被推進體育倉庫不知道過了多久。外面似乎變得有點吵鬧，所以我們也不能一直就這樣一直待下去。

我心中是有著幾種鼓勵海的方法……但我又覺得如果太頻繁濫用，效果就會變差。

「海，現在沒時間，我就長話短說了。」

「嗯，什麼？」

「耳朵借我一下。」

「……嗯。」

我加重了抱住海的力道。

「——」

然後在她耳邊輕聲說出了難為情的台詞。

雖然覺得自己不是走會頻繁說這種話的路線，但一說這句話海就會非常開心，這點以前就證實過了。

「……真樹，再來一次。」

「咦……」

「再一次。因為我沒聽清楚。」

「……是可以啦。」

我應女朋友的要求，把一樣的話再說了一次。

「欸，真樹。」

「嗯。」

「你喜歡我嗎？」

「……喜歡啊。」

「只喜歡我？」

「那還用說？……對我來說，『喜歡』就只有海一個。」

在任性的海滿意之前，無論幾次我都說。

不是天海同學或新田同學，只有海才是對我而言的「唯一」。

「……海，這樣心情好些了嗎？」

「不行。連一半都不到。你不讓我多撒嬌，我就不原諒你。」

「知道了。那等班際比賽結束後，在我能力範圍內，海說什麼我都聽。」

「……到一半了。」

我個人已經拿出相當多的誠意，但對海而言似乎還只滿足一半左右。

海會這麼任性，讓我覺得挺稀奇的。如果只是牽扯到新田同學或中村同學她們，海就還無所謂，一旦牽扯到天海同學，海就會變得非常棘手。

雖然就連這種地方，我也不由自主地覺得很可愛就是了。

「呃～既……既然這樣，延長到黃金週結束呢？不只是今天，整個連假我都會一直接受海的任性。」

「……唔。」

「連假期間還排了打工的班，那邊不方便改動就是……可是除此之外，妳隨時都可以對我撒嬌。」

「晚上任性地說『想見你』也可以？」

「可以啊。到時候我會一路跑去海的家裡。雖然會給空伯母他們添麻煩……不過我也會對他們低頭拜託。」

「兩個人一起約會呢？」

「……去啊。畢竟最近漸漸變暖了，不管要唱ＫＴＶ，看電影還是去逛街，我都會奉陪到底。畢竟我也想去。」

「嗯～……」

海想了想，儘管噘著嘴，仍滿意地點點頭。

「……嗯。那就沒辦法，我就妥協吧。」

「……十分感謝。」

這樣一來，連假的行程轉眼間就排滿了。

依照海的個性，我想應該不會提出太強人所難的要求，但也許還是先做好心理準備比較好。

連假期間，我們的笨蛋情侶度多半會愈演愈烈。

「好，承諾也要到了，我們也差不多該出去了。真樹，來。」

「嗯。」

我牽起海伸出的手，從坐著的墊子上起身。

「中村同學，已經可以了。開門。」

「唔！喔，看來妳有好好恢復精神呢。」

「嗯，已經完全恢復了。」

「那就再好不過。放你們出來吧。」

儘管覺得在下半場開始前先在體育倉庫裡打情罵俏，實在是聞所未聞，但這就期待中村同學她們能幫忙找些好的藉口吧。

海似乎也完全恢復了活力，實在是再好不過。

而且……

「啊，對了。欸，真樹，可以過來一下嗎？」

「什麼，如果要我最後再說一句話，也沒什麼——」

——啾。

正要走出倉庫之際，海想起了什麼似的回過頭來，突然往我嘴唇上一吻。

「海……海……這個。」

「嘻嘻。明明還在重要的比賽，可是我忍不住親了。」

海靦腆地說完，打開門走向中村同學她們。

「歡迎回來，小朝。妳到底要男朋友做了什麼？」

「這要保密。」

「咦～哪有這樣的啦，多讓人好奇啊。」

中村同學等人嘴巴雖然這麼說，但看到我與海臉頰微微泛紅，都紛紛露出賊笑，所以多半已經猜到了大概吧。

……啊啊真是的，無論我還是海，本來明明都沒打算這樣，但就結果而言，的確對各式各樣的人表現出我們有多笨蛋情侶。

只是話說回來，該怎麼說呢，只要是海的要求，我都會去做。

「海，抱歉。我在這裡多待一會兒，妳們先過去吧。」

「……知道了。可是你要儘快出來喔。因為這次得要你好好為我們加油才行。」

「不用擔心，我會好好發出聲音。」

「很好……那麼我這就過去了。」

「嗯。慢走。」

我送與隊友們一起迎接下半場的海離開，獨自留下，再次躺到墊子上。

雖然嘴對嘴只有瞬間接觸，但海柔軟的觸感與水氣都還留在我的嘴唇。

「真是的……海那傢伙，太賊了啦。」

我用手指撫過親吻的餘韻，慢慢等著臉頰的熱度消退。

下半場開始兩三分鐘後，我勉強讓心情鎮定下來，直接去為十一班加油。

到了下半場就突然為敵對班級加油，照常理來說多半會讓人覺得有問題，但我即使升上二年級存在感還是很稀薄，所以即使單獨行動，這種時候也不容易被發現，這點實在是挺可貴的。

至於天海同學和新田同學倒是立刻就發現了。她們兩人都是朝我一瞥，便一如往常地露出傻眼的表情。

先不說這些，我獨自待在體育倉庫的時候，分數似乎也有了改變，天海同學她們的十班隊得到了更多分數。海她們似乎也很努力，但分差正漸漸被拉近。

「海，加油！」

我在海持球準備發起進攻的時間點上，朝她的背後送出加油聲，於是海微微將視線轉朝向我，小小動了動嘴唇。

「——你看著。」

海這麼說完（大概），慢慢將球運到球場正中央。

我們家的海狀況好的時候，實力可是能和天海同學匹敵的。

天海同學立刻攔住海的去路。

「海，上次的投籃對決在這裡繼續吧。」

「好啊。我也一直想著差不多該做個了結了。」

在不會有荒江同學來攪局的狀態，兩個好朋友的認真對決開始了。

海透過假動作與變速，試圖過掉天海同學。天海同學則展現出牢牢跟住海的防守，不讓海稱心如意。

其他四個人都在跑動，這樣的場面要傳球也行，但是海不用說，天海同學似乎也只有在這個時候非常堅持一對一。

「嘻嘻。來啊海，不趕快投籃，時間就要過了。」

「哼，夕當自己很行，還搞起了心理戰？妳還早了十年好嗎？」

展開攻防的兩人側臉上，表情都顯得神采奕奕。

對於之前都一直並肩作戰的她們兩人來說，這是第一次在公開場合對決。

她們似乎很樂在其中，讓我也覺得再好不過。

「……時間還剩下——」

「嗯！啊，看我的！」

天海同學看到海在意剩餘秒數而轉移視線的些許空檔，伸手抄球。

同時荒江同學也擺脫防守，踏出了第一步。

如果在這裡被搶走球，天海同學她們的勢頭就會更加難以阻擋。然而——

「——妳急了呢，夕。」

「咦？」

但天海同學看準時機伸出的手沒能抓住球，而是空無一物的空間。

海將球在身後從右手換到左手，過了天海同學切入籃下。

這招我看過。是海在練習賽中被荒江同學用過的招式。

海順勢以教科書般漂亮的上籃動作，將球送進籃框。

「喔喔，漂亮，小朝！」

「好行！男朋友能量真不是蓋的，妳狀況超好。」

「真……真是的，大家不要取笑我啦。」

看到海紅了臉，我就想起剛才她的突襲，連我都臉頰發燙。但不管怎麼說，這樣一來又拉回了原本的分差。

「天海，妳有點太大意了。」

「啊哈哈……我本來以為能抄到，但時機慢了點。」

「……妳明明知道嘛。那麼下次可要守住她。」

「嗯！包在我身上，小渚！」

「就說不要叫我名字……啊啊算了，隨妳便。」

「嘻嘻，那就隨我便。」

荒江同學與天海同學有了幾句對話，彷彿先前的僵持不曾發生過。果然只要有天海同學在，荒江同學也不得不採取退一步的定位。

雖然外貌、說話口氣與個性等等都完全不一樣，但站在指揮官的定位將球傳導給隊友的模樣，讓我隱約覺得跟海很像。

之後的狀況就是十班冒著風險，為縮小分差而搶攻。十一班則採取偏重防守的隊形，針對對手的失誤穩健地拿分。

比賽局勢也漸漸變得精彩，先前離場的學生觀眾也漸漸恢復原狀。

就這樣，當比賽時間剩下不到兩分鐘時。

荒江同學的投籃命中，兩位數的分差終於在這時來到個位數。

「太棒啦。荒江同學，只要連續再進三個三分球，就會同分了。然後就是反敗為勝的機會了。」

「妳腦子也太簡單了吧。對方都在提防，哪有這麼簡單。」

「是啊。可是荒江同學會搞定吧？」

「……我沒說不做吧。」

反敗為勝終於變得有望，讓十班的氣勢更旺了。

——喔喔，我看這下真的可能會反敗為勝吧？

——贏得了啊十班，給升學班那些傢伙好看！

除了十一班學生以外，幾乎所有加油聲也都希望看到反敗為勝。

明明上半場的比賽內容非常慘澹……但局外人的聲音也就是這麼善變吧。

我也只管做好我現在該做的事就好。

「海，冷靜點。妳們還領先，不要急。」

「嗯！」

海點頭回應我的加油聲，做個深呼吸來按捺急躁的心情，花時間慢慢組織進攻。

「大家，一直跑上跑下多半很吃力，但我們再努力一下。」

海用呼喊想讓隊友鎮定下來，但遲遲未能打亂對手的防守。

原因之一多半就是體力的有無吧。十班在上半場那有氣無力的表現，就結果而言得以保留體力。而十一班則是從比賽開始到現在，都一直卯足全力。

海因為先前的特訓顯得還有餘力，但部分隊友並非如此。

「——好，抄球。」

「啊！小麥色辣妹，妳幾時……」

「我一直待在妳的視野，雖然多半是在角落啦。」

荒江同學預判傳球路線，迅速截下中村同學傳給海的球，一路帶到無人的籃下。輕而易舉便得分，將比分進一步縮小。

四周的歡呼聲更大了。

「抱歉，小朝，我有點發呆。」

「別在意。被追到差一分，不，到被追平都ＯＫ，所以我們慢慢打吧。」

然而這種氣氛很難推翻，海以外的四個人表情都很黯淡。

我也自認努力出聲加油，但似乎是被周遭愈來愈吵鬧的聲音淹沒，很難讓她們聽見。這讓我心有餘而力不足。

應該算是天海同學與生俱來的天性嗎……她會不斷吸引更多周遭的人站到她那邊。

「──天海，上啊！」

「……嗯！」

荒江同學以個人技術甩開海等人的防守，佯裝要投籃，隨即朝著天海同學送上助攻。

從三分線外出手的球，受到牽引似的飛向籃框。

「──好！」

當天海同學高舉拳頭的瞬間，體育館的熱度達到了最高潮。

下半場即將結束之際，十班終於追到了同分。

「嗚，夕挺有一套的嘛……」

「對不起，小朝，我被甩開了。」

「不會，應該怪我沒能去支援妳……雖然現在完全陷入了被動，但我們還是進攻吧。不是同分就好，我們要確實贏下來。」

「……嗯，就是啊。」

「小玖、小楓，還有涼子同學也要。」

「「「當然。」」」

十一班在海的鼓舞下重新振作起來，把球交給海，擠出最後的體力奔跑。

這是最後一球。然而這對對手而言也是一樣。

「海，終於到最後關頭了呢。」

「趕快把球交出來。」

「……啊啊真是的，果然變成這樣了嗎？」

荒江同學與天海同學對其他人看也不看一眼，跑來盯防海。

海能不能攻破這道防線？比賽的勝敗就看這一球。

海一邊靈活地運球，一邊保護球。天海同學與荒江同學則試圖抄球。

——八，七。

——六，五。

觀眾們的倒數聲迴盪在球場上。

雙方互不相讓，最終會是同分，或是有一方在對抗中勝出，投籃得分？

做出乾坤一擲的是海。

「嗚……！」

「嗯？啊……喲。」

海比先前更頑強地控球，拉近她與天海同學及荒江同學的距離，一瞬間幾乎臉都要碰在一起時，海用非慣用手的左手展開突破。

球從天海同學跨下穿過，身體則從兩人之間強行擠開——這是犯規邊緣的動作，但並未聽到哨聲。

「想得，美！」

眼看就要突破成功，但荒江同學的手用力伸來，勉強從海手上拍到球。

球滾落在邊線附近，正好朝我彈過來。

時間只剩一點點。如果球在這個時候出界，對方就會重新整理好隊形，所以機會只有現在。

海整個人飛撲過來救球。

「海！」

「嗯嗚……」

「啊！危險！」

她以一隻手抓住幾乎滾到邊線的球，順勢拋往中村同學等隊友等著的方向。

「拜託了，大家！」

如此說道的海整個人眼看就要撞向計分板，但我在千鈞一髮之際趕上，讓她等於是撲到我身上。

「咕噁！」雖然不由得發出了些叫聲，但並沒有哪裡特別痛。

儘管撞擊力道強了點，但我也有在好好鍛練，海這點體重還能穩穩接住。

「太好了，就差那麼一點。」

「……謝啦，真樹。我一直都相信真樹一定會這樣接住我。」

「那可謝了。不過以後不要做太危險的事情。」

「嗯，知道了……嘿嘿。」

海邊說邊撒嬌似的把臉往我胸口磨蹭。現在好歹還是比賽中，不過眼看哨子就要響起，而且她也來不及在時間內回到球場上，所以就讓她這樣應該也沒有問題吧。

而且現在所有人的視線應該都集中在球上，所以就算我們像這樣不忌諱別人的眼光，展現笨蛋情侶的模樣，多半也不會被任何人察覺。

「辛苦了，海。妳好努力。」

「嗯……我已經一步都走不動了。想就這樣被真樹抱著睡。」

「還剩下比賽結束時的致意……所以晚點再說。」

「呵呵，你答應嘍……對了，比賽……」

「啊，嗯，比賽結果是——」

最終來說是雙方都使出了全力，打到時間到。

海的最後一傳確實送到了隊友手上，但可惜的是投籃被籃框彈開。

結果是平手，雙方各得一分積分。

安排好的班際比賽所有比賽結束的放學後。

我們按照和天海同學的約定，說是「班際比賽慶功宴」，來到了離學校最近的鬧區當中的一家ＫＴＶ。跟以前我跟海約會時來的是同一間店，但之後我完全沒來，所以我還是老樣子有點緊張。

「大家點的飲料什麼的都送上來了嗎？那麼差不多來乾杯吧。」

天海同學是慶功宴的主辦，她先確定所有人都拿起飲料杯，然後活力充沛地站起來。明明在班際比賽上那樣劇烈運動，但她還是一樣興奮。

至於我，則是已經累得精疲力盡。我參加的壘球賽，在作為預賽的小組循環賽就已經很乾脆地輸了。但由於後來在為海她們加油的時候，發出自己不習慣的大音量，讓我覺得比平常更累。

至於海與天海同學的球隊從第一戰就展開了劇烈的對抗，但還是沒能打進淘汰賽。她們一開始就卯足了全力，之後的比賽不免有欠精彩。

結果雙方都在預賽就淘汰，但兩人都有了充分運動，露出舒暢的表情，所以我自己是認為這樣很好。

「——哼～？你們邀我，我才第一次來，原來ＫＴＶ是這種感覺？光線暗，房間也小，又有隔音，所以從外面也不容易發現裡面在做什麼……然後男男女女利用這點紛紛互相依偎……感覺色色的呢。」

「妳在說什麼鬼話啊中村，色情漫畫看太多。」

「現在還有監視攝影機，做這種事情馬上就會被趕出去了。」

「澪不要都只是在做功課或看書，也要有這樣的體驗才好。我指的是多見見世面。」

而桌子另一側，還坐著中村同學等十一班的成員。

照原本的約定，應該只有我、海、天海同學和新田同學這四個人，但在天海同學的提議下，臨時請她們參加了。

順便說一下，就如同我所擔憂，在場的女生全都趕來為我加油。而意料之中的女聲加油讓我每次站上打擊區，內外野都會有人（主要是男生）投來嫉妒等各式各樣的感情。

……所以呢，我現在有夠睏的。

「真樹，你還好嗎？如果想睡就儘管睡，沒關係的。來，可以靠到我身上。」

「謝謝妳，不過這就留到晚點吧。」

「是嗎？不過真的不用逞強喔？」

海理所當然地坐在我身旁。海身旁是新田同學，再過去是天海同學。

到這一步都沒什麼問題，就是我們平常常在一起的四個人。雖然十一班的人會來讓我有點嚇一跳，但也因為今天給她們添了很多麻煩，如果這樣能讓她們多少玩得開心，我會很高興。

因此，若要說有什麼問題。

「……這是媽媽跟小孩嗎？」

「啥？」

從我這邊看去，坐在天海同學另一邊的荒江同學看著我跟海的情形，露出傻眼的表情。

雖然每個人第一次看到我們這樣，差不多都會有同樣的感想，這對我和海來說已經很正常，所以不管被怎麼說，平常我們都不會放在心上。

然而比賽固然結束了，卻還剩下幾件事沒好好了結。

「情人之間要怎麼交往，不都是當事人之間的自由嗎？倒是我才以為妳跟夕的衝突結束了，結果下一個就找上我們？妳不背地裡說人壞話就會死嗎？」

「不是背地裡，我是非常合理的指謫，要摟摟抱抱就去沒有人的地方抱。」

「……打輸的狗最會吠。」

「啥！」

雙方都放下手上的杯子，站起來瞪著對方。

「我們沒輸，是平手。不要擅自把別人說成輸家。」

「雖然比賽是平手，但預賽排名是我們排在前面。我們第二名，你們第三名。」

「不就是淨勝分的差距嗎？如果要說個人對決，我才是壓倒性的——」

「你們兩個！不要太過分了！」

她們兩人無視於坐在中間的兩個人，互相愈靠愈近，讓天海同學大聲制止。

「小渚，妳想說的話我也很能體會，可是這種事情放在心裡就好！不可以動不動就說出口！還有海也是！不管妳再怎麼討厭小渚，如果她講一句妳就要回一句，不就會吵起來，給大家添麻煩嗎！」

「可是夕，是她先……」

「少囉唆！別說那麼多了，趕快坐下！」

「好……好啦……」

「……被罵了。」

「小渚也一樣！笨蛋！妳明明是打算來跟大家說對不起，為什麼弄成這樣！」

「…………」

天海同學以超乎想像的魄力斥責她們，讓眼看就要愈吵愈起勁的兩人不由得退縮。

倒是那個荒江同學，哪怕是心不甘情不願，竟然還是聽天海同學的話，讓我很意外。

我們出場的比賽全都結束後，我跟海兩個人一直待在一起，所以不知道後來分頭行動的天海同學與荒江同學之間發生了什麼事。是荒江同學為先前的行動道歉，讓她們兩人之間的過節就這麼結束嗎？

然而，即使海和新田同學試著問出這件事。

「對不起喔，這件事我不方便多說。」

天海同學也只肯這麼回答。

只不過哪怕像是半強迫，既然荒江同學會在場，那麼她們兩人之間的關係，肯定有了某種變化。

因此我希望日後也能有機會針對海與荒江同學之間的關係做個解決……不過這就等之後再慢慢考慮就可以了吧。

「我還是回去好了。」

「啊，小渚，等一下——」

「……雖然我是指乾杯後待一會兒再回去。」

「還有呢？」

「……道歉就可以了吧？」

「嗯，就是這麼回事。」

天海同學和以往感情很好的海與新田同學分到不同班，遲遲找不到可以依靠的人，應該也有很難受的地方，但經過這件事之後，應該不會有什麼問題了吧。

既然天海同學接受，無論我還是海都不打算多嘴。

「荒江同學，這個，我也有話想說，可以嗎？」

「我為什麼要聽你說話……我是很想這麼說，不過旁邊的呆子很吵，就先聽你說吧。好了，什麼事？」

「謝了……雖然我也只是幫忙傳話。」

「傳話？幫誰傳話？」

「國中時代把荒江同學的球隊打得落花流水的那隊裡面的兩個人。妳也看過，就是在遊樂場遇到的那兩位。」

「……然後呢？」

似乎是要我趕快說下去。

「她們說：『我們每週三晚上七點會在市民公園自主練習，所以如果妳生疏了就過來，我們會重新鍛鍊妳。』」

「……哼～」

我覺得荒江同學聽到二取同學與北条同學請我傳的話後，似乎微微笑了一笑。

「我才不管。因為我已經不打籃球了。」

「那妳去對她們兩個說啊。我才不受理傳話。」

「啊，是喔。我討厭你，所以才不會拜託妳傳話。」

就這樣，荒江同學把臉撇開。

她的態度還是一樣，不過之後的事情就交給二取同學和北条同學吧。

對了，我忘了轉達她們還有說到「到時候會讓妳見識見識，現在我們的真本事」這句話，不過大致上都傳達到了，就當作是ＯＫ吧。

「那麼麻煩的兩個人都安分下來了……大家，今天辛苦了！而且明天放假，我們玩個開心吧！乾杯！」

——乾杯～！

有點擠的室內，滿滿的歡聲震耳欲聾。

無論海、天海同學，還有我也是，真的都辛苦了。

班際比賽結束，我所在的十班也終於迎來了平靜。

荒江同學和天海同學處得不好的時候也很安靜，但氣氛非常沉重，所以少了這種沉重的氣氛後，讓人覺得待起來非常自在。

會變成這樣，都多虧了班際比賽結束後差不多都一起行動的兩人。

「早啊，小渚。今天天氣也很好呢。」

「我不是叫妳不要這麼親熱嗎？我們又不是朋友。」

「又沒有規定不是朋友就不可以說話，就算討厭，也不構成迴避的理由嘛。」

「那就隨妳便。」

「嗯，我會的。」

天海同學邊說邊把椅子搬到荒江同學隔壁。這樣一來就很難攆走天海同學。只要一個不小心，就是荒江同學輸了。

班際比賽以來，天海同學與荒江同學差不多都是這樣。嘴上互相說「討厭」，但到頭來兩個人還是在一起，所以班上任何人都不再認真看待她們的口頭爭執。

也因為有過之前的摩擦，相處起來有些生硬，但相信隨著時間，這些情形也會消失。會待在這個班的時間還剩下十個月以上。不需要那麼急躁。

「對了小渚，今天要不要一起吃午飯？我知道有個好地方。」

「……就說妳為什麼要找我？妳明明有那傢伙吧。」

「妳是說海？是這樣沒錯，可是今天我想跟小渚在一起。呃，不行嗎？」

「不。」

「不？那應該不是不行吧？」

「意思明明就差不多吧……妳也未免太過正向思考。」

荒江同學雖然傻眼，但她對「不行嗎？」的提問，不是回答「嗯」或「不行」，而是回答「不」，讓人不禁覺得好笑。

不是不行，但是不。這人有夠麻煩。雖然不是完全和解，但好歹她們也和解到這地步了，我是覺得也不用那麼在意旁人的眼光啦。

「如果妳要自己在我旁邊吃飯，隨妳便。可是今天還是先算了。因為我有事。」

「嗯，知道了。可是妳說有事，是什麼事？」

「……沒什麼，就只是去把事情做個了結。」

荒江同學這麼一說，視線便看向我。她的表情固然比前柔和，但目光原本就很銳利，所以很嚇人。

荒江同學根本不管我的感受，大剌剌走到我面前。

「可以講幾句話嗎？」

「……請……請問是什麼事呢？」

「不要明顯嚇成這樣……剛才我跟天海也說了，就只是想談談。跟你，還有……雖然很讓人火大，但跟你女朋友也要談談。」

「找我跟海……談談？」

「對。等午休時間就賞個臉吧。在體育館後面。」

她提邀請的方式有些聳動，不知道想談什麼。

「……知道了。那我也會跟海說一聲。」

「麻煩你了。」

荒江同學說完就匆匆回到自己座位，再度擺出慵懶的姿態應付天海同學。

雖然實在不覺得荒江同學會在這個時間點做出奇怪的行動……不過還是先跟海聯絡吧。

就這樣，時間到來上午的課結束的午休時間。我與海一起來到荒江同學事先指定的體育館後面。

「為什麼要到這種地方……雖然我是已經聽你說她想談談，但那傢伙該不會我們一過來，她就衝上來揍人吧？」

「我想這點是不用擔心啦……多半是不太想被別人聽到的事情吧。」

體育館後的空間是垃圾場，一整天都幾乎沒有人。算是這個學校裡可以獨處的點之一，但這裡實在太潮濕而且雜草蔓生，我也幾乎不會來。

「——喲，你們來啦。」

荒江同學發現我們後，迅速起身。我本以為搞不好天海同學也會陪同到場，但現在只有她一個人。

目前她似乎是打算冷靜地說話。

「那麼妳說要談什麼？我們也不是會閒聊的交情，有話直說吧。」

「我的意見也一樣呢。我也根本不想跟你們要好地聊什麼天。」

「啥？」

「啊？」

「……妳們兩個還是先冷靜一下，不然我要叫天海同學來了。」

「…………」

她們水火不容，所以我本來心驚膽戰，不知道事情會鬧成怎樣。但一搬出天海同學的名字，她們兩個就都妥協了。

……馬上見效。

先不說這個了，我們進入正題。

在提起正題前，首先荒江同學對我們兩個人鞠躬。

「……這次的事，這個……我覺得對你們，有各種不好意思。」

她目光沒對到我們身上，以謝罪而言也有些粗魯，但我們萬萬沒想到她會主動對我們道歉，所以很意外。

「上次KTV的時候，我也聽天海的話向大家道過歉，可是……總覺得沒能好好表達歉意……雖然因為這種原因就特地找你們過來，也實在不好意思。」

「這我明白了，可是……欸，荒江渚，妳剛才說『各種』指的是哪件事？」

「這……就是，全部啊，全部。之前不是鬧過很多狀況嗎？這你們總知道吧？」

「的確有過，我們也知道。可是不要用這種話全部籠統帶過。荒江渚，妳是針對哪件事覺得『不好意思』？既然覺得不好意思，我希望妳把這些全都說清楚。」

海說的話有些嚴厲，但我也大致贊同，所以並沒有多說什麼。

從分到新的班級到班際比賽結束，直接的當事人天海同學，以及她身邊的我、海、新田同學，都被眼前的她添了很多麻煩。

「各種」這個字眼的確很好用，但站在我們的立場，實在不太能接受。荒江同學或許為了過去的事情而痛苦，但因此就要我們睜隻眼閉隻眼體諒她的難處，那我們也會很為難。

「……好啦。」

荒江同學似乎也明白這點，雖然說得小聲，但還是鄭重說起。

「——從一開始就全都是我在遷怒。說穿了就是這樣。我想你們也聽說了，從國三那年的夏天以後，我就有些不對勁。以前相信的事物垮了，就算我拚命想辦法振作起來，但一點都不順利……本來明明那麼喜歡的東西，卻變得愈來愈討厭……我就在這個狀態上了現在這間高中，然後……」

「……看著夕就忍不住火大？」

「呃！……嗯，對啊。關於她的傳聞，我聽新田還有其他傢伙說過，當時我就覺得不中意這傢伙。然後實際分到同一班，就發現她真的是個符合我想像的人……雖然到頭來只是我自己有問題。」

「就像在看以前的自己，覺得很討厭？」

「……對啦。大概就是所謂的同性相斥吧。畢竟直到不久前，我也有過那樣的時代。被大家捧著，每天都過得很充實。」

天海同學也很常被人認為是班上的偶像，覺得她過著很充實的日子，但她的笑容背後，隱藏著許多的辛苦與過往。

即使看起來無憂無慮，但該努力的地方她都有在努力，而且像這次也為了荒江同學的事煩惱，還曾一時失眠。

「我內心深處也有些覺得自己這樣很無聊。可是當我嘲笑天海，或是讓她為難的時候，就覺得心情舒暢了些。

……真的，實在是很沒救，可是前不久的我就是停不下來。還有就是……我本來個性就挺愛逞強，收不住自己也是一部分原因。那個時候，就是在遊樂場撞見的時候。包括那次也是……這個，不好意思。」

荒江同學和先前不一樣，沮喪地垂下雙肩，再次鞠躬。

我覺得她分析自己的心態冷靜得驚人，不過考慮到國中時代的事情，就覺得沒什麼不可思議的。荒江同學是個能夠好好想清楚這些事情的人。

天海同學之所以說不方便由她提起，也許這就是理由之一。天海同學多半已經先聽她說過這些，不過認為得由荒江同學自己跟我們說，否則就沒有意義。

畢竟如果是從天海同學口中聽到，我想我們一定也會沒辦法好好責怪荒江同學。

「受不了，滿口說別人遜，但到頭來最遜的就是我。這些我都知道。就跟天海還有你們說的一樣。『遜』這種話換做是以前的我，明明就會否定這種說法，但不知不覺間，我卻和以前的隊友說著一樣的話……感覺糟透了。」

似乎是出自對自己的厭惡，只見荒江同學重重嘆了一口氣。

明明自己不希望被人這麼對待，但不知不覺間，自己卻對別人做出一樣的事——我跟海也都走過一樣的歷程，所以多少能夠體會這種心情。

話說當時我們的對象也是天海同學。她原諒我們，也好好和荒江同學和解。

……搞不好，天海同學真的是天使。

「總之，這次的事情是我不對。我不打算請你們原諒我……不過如果可以，我希望今後我們的大方向就是互相不干涉。」

「知道了。我也覺得這樣就好。海呢？」

「我也是。不過反正我是在別班……雖然夕似乎就不能這樣了。」

「關於天海……就隨她自由吧。畢竟她也根本不聽別人說話……煩得不得了。」

荒江同學嘴上這麼說，但當天海同學找她撒嬌時，她的表情也顯得挺樂在其中。

「總之，我要說的就這些——」

「啊，荒江渚，妳等一下。」

「嗯？怎麼，還有什麼事嗎？」

「嗯。有些話我有點錯過機會開口……我只說一次，妳可要聽清楚了。」

海先是這麼說，然後繼續說下去。

「說來懊惱，可是班際比賽那個時候的妳真的好強，球技好高竿。雖然比賽打成平手，但我個人是慘敗。如果下次有機會打，妳還是可以不手下留情，我會很高興。

……我也是，被妳說了就嗆回去，故意說了挑釁的話，對不起。」

海也像荒江同學一樣深深鞠躬。

「……是嗎？那我也順便說一下。最後妳鑽過我和天海的防守那一下子，還有邊線的飛撲。只有那兩下值得誇獎。很有膽識。雖然之後妳跟站在那邊的男朋友摟摟抱抱，這點就得扣分了。」

「嗚……！妳……那些妳都看到了？明明只有短短幾秒鐘。」

「畢竟隊長就是對每個地方都得注意啊……不過那也是你們愛怎樣就怎樣不就好了？我也不會囉唆什麼。畢竟很麻煩。那我去找新田了。畢竟這次也給她添了麻煩。」

就這樣，荒江同學回到一貫的慵懶狀態，身影慢慢消失在校舍內。

這人還是老樣子，總是會多一句惹人厭的話，不過……只有這次她說的是事實，所以也沒辦法。

「欸，真樹。」

「嗯？」

「我想我還是沒辦法喜歡她。」

「……我懂。」

然而偶爾也會有那樣的人。雖然不喜歡，可是光是知道這樣的人也絕非都是壞人，應該也是一種收穫了。

從今天起，大概暫時可以睡得香甜了。

「……倒是啊，真樹。這和我們沒有直接的關係，所以我之前都沒問。」

「嗯。什麼事？」

「她跟夕的事情我們算是知道了原因，可是新年度剛開始的那件事呢？記得是她對八木澤老師也採取了不好的態度。」

「唔！啊啊，那件事。」

沒錯，荒江同學一年級的時候還挺正經，現階段則完全安分下來，為什麼會在新學期的第一天和第二天就讓老師為難，給大家帶來困擾呢？

「咦……該不會那也是有理由的？」

「嗯。雖然這我也只是從比較遠的地方聽見，詳細情形我也不知道——」

其實這件事後面，還有一個不為人知的事實。

第一天她因為身體不舒服而遲到，只有這點是真的。而除此以外呢？

今天上午，荒江同學被天海同學不屈不撓地追問，難為情地紅著臉所說出的一連串內容，大概是這樣的。

「——從一年級就很要好的朋友裡，只有我自己跟大家分開……所以這讓我很不滿。妳不覺得這樣很奇怪嗎？覺得我們有五個人，其他四個人全都分到同一班，為什麼就只有我在別班。而且考試的成績也幾乎都一樣……怎樣啦，天海，妳幹嘛一直賊笑。」

「咦～？沒有啊～？我只是想著小渚也有很可愛的地方呢～小渚，以後有我在，所以妳不會寂寞了喔？我們一直在一起吧？」

「……我還是想揍妳，可以嗎？」

總覺得我們這群朋友當中也有過類似的情形，不過我想這個階段的學生，可能都差不多是這樣吧。

我們比自己想像的還要稚氣得多。

終章1　以後的我們也一樣

由於班際比賽以及與荒江同學的糾紛，弄得身心都完全無從休息的四月也終於漸漸迎來尾聲。

雖然覺得度過了一段密集得一點都不像是還不滿一個月的時間，但相對的，接下來應該暫時能夠度過一段安穩的日子吧。只要不參加社團或學生會，接下來直到暑假幾乎等於沒有什麼學校節目或活動，所以對我來說，也能夠專注在學業和打工等日常生活當中。

當然了，也包括和重要的情人相處的時間。

「真樹，出了好多新片，我們要租什麼？王道的恐怖片也不錯，可是滿滿吐槽點的片我難以割捨～啊，這個《四季鯊》系列更是一談起來就會掉淚呢。會想說管他春天還是冬天，鯊魚都是鯊魚吧。」

「笑過頭的眼淚，是吧。光是能出續集，就已經夠有意思了。」

從四月底的假日開始的黃金週就等在翌日的放學後，我和海久違地去了平常那間影片出租店，挑選明天以後的連假裡要看的作品。

連假期間除了打工以外，我都和海一起度過。也因為氣候漸漸溫暖，我打算找個合適的時機兩個人一起外出，不過基本上我是打算待在我家悠哉度假。

只要再過一個半月，我們交往就滿半年——我們現在還是根本靜不下來的笨蛋情侶。兩個人時而在沙發上相依偎著看電影，時而躺在地毯上玩玩遊戲，看看漫畫，睏了就在沙發或是我床上一起睡午覺。

雖然不知道海怎麼想，但就我來說，已經變得沒有海在身邊就會覺得寂寞，又或者說始終會覺得少了些什麼。

我已經順利地漸漸染上「朝凪海」這個女生的顏色。

我們以一天一部片為基準，租了精挑細選的幾部片之後，在店內四處閒逛。

該說是個人營業的店的特徵嗎？店內除了出租的ＤＶＤ、ＢＤ以外，還販賣中古遊戲或動畫精品，再來就是看起來相當舊的柏青哥或吃角子老虎機台等復古機台。

「咦？這該不會是……」

「嗯？真樹怎麼啦？我們還是高中生，所以不可以玩色色的遊戲喔？」

「不，除了ＤＶＤ以外，店裡沒擺那些東西……不是，妳看那邊的抓娃娃機隔壁。」

「唔！那該不會是大頭貼……」

「似乎是呢。」

和前幾天拍的機台比起來，機種似乎舊得多了，但探頭進去一看，是不折不扣的大頭貼機。店裡什麼時候擺起了這種東西呢？我直到剛剛才發現。

「欸，真樹。」

「……妳該不會想拍吧？」

「嘿嘿，你明明就懂嘛。上次是跟夕她們一起拍，結果都沒拍到只有我們兩個人的。我就覺得好想要喔～」

「…………」

「真樹，之前你答應過我的事，應該都還記得吧？」

「……是，當然記得。」

我很怕拍照，所以實在不起勁，但既然海這麼說，我就實在沒辦法說「ＮＯ」。

直到黃金週結束，我會盡可能答應海的任何要求……既然承諾過，就要好好做到。

不過就算沒有這個承諾，這點要求也是小事一樁。

畢竟我也有好好努力打工，至少夠在遊戲機上花點錢。

「雖然沒辦法像上次在遊樂場那樣往臉上堆特效，不過似乎可以寫上文字之類的東西。畢竟如果只是拍照沒什麼意思，我們來寫些像情侶會寫的話吧。」

「像情侶會寫的話……例如『好愛你』或是『一直在一起』嗎？」

「對對，就是這樣。反正只有我們兩個人會看，構圖也要更甜蜜一點。來，臉再靠過來一點。」

「我是無所謂，不過總覺得有不好的預感……」

我不知道海打算怎麼處置這大頭貼，但總覺得已經可以預見最終還是會被天海同學跟新田同學她們拆穿，一整天被她們拿這件事說笑。

海平常是沒問題，可是一遇到我的事，她就會變得漏洞百出。

「來～真樹，笑得再開心點，你表情很僵硬。」

「呃～那，那這樣……嘿嘿。」

「嗯～有點生硬啊……不過這也很有真樹的風格，是不錯啦。」

「……真難為情。」

上次和包括天海同學與二取同學她們在內的五個人一起拍大頭貼時也是這樣，我一被拍就會緊張，弄得表情僵硬。

唯一成功笑得自然的，就只有去年聖誕節拍的那張全家福照片吧。

以後我和海的回憶會不斷增加，而且只要繼續和天海同學她們交朋友，今後也會有這樣的機會，所以包括拍照和錄影在內，還是得慢慢習慣，讓自己在鏡頭前也能儘量顯得自然。

就把今天的這大頭貼當成第一步吧。

「真樹，要拍了。來，擺好姿勢。」

在海的指示下，我們互相把臉往對方臉上湊。

輕輕碰到海的臉頰，滑嫩的肌膚感覺很舒服。

溫暖又柔軟——一想到這裡的瞬間，我的體內就湧起一股衝動。

我想要再多一點，想做比現在更明顯像是情侶會做的事情。

三、二、一——

拍照的閃光燈即將亮起之際。

「……海，失禮了。」

「咦？」

——啾。

幾乎就在快門聲響起的同時，我微微錯開臉，有點客氣地親吻海的臉頰。

畫面上是偷襲親吻女朋友臉頰的我，以及被突襲而睜大眼睛的可愛女友的臉。

「呃……真、真樹？」

「啊，抱歉。海的臉頰比我想像中更軟嫩舒服，這個，我就有點想做這樣的事情……我們都變成奇怪的表情了，還是重拍吧。」

「嗯、嗯……啊，不，重拍也是要重拍，既然難得拍了，這張也好好留在紀錄裡吧。反正不會有我們以外的人看到，而且這也會是很棒的回憶。」

「是嗎？不過既然海這麼說，我是無所謂……」

「嗯。那麼錢就麻煩你了。」

接下來我們用原本計畫的姿勢拍照，於是我們手上留下了兩種照片。

……自己做了卻還這麼說是不太對，但這說什麼也不能保管在容易被人看見的地方。

尤其親吻照更是絕對不行。這要完全當成只有我們兩個人知道的祕密——我才剛這麼想，海就已經把印出來的兩種照片貼在手機背面。

「我說，海同學？請問妳到底在做什麼？」

「咦？你想想，難得像這樣花錢拍了，貼紙也要好好拿來利用才行啊。」

「話是這麼說沒錯……這個，可能會被其他人看見。」

「……求求你，讓我任性到黃金週結束。」

「是。」

她都搬出了期間限定的王牌，我也就無法違逆。

腦中已經浮現黃金週結束後，天海同學、新田同學，以及新認識的中村同學等十一班的女生們拿我們說笑的未來，不過這是自作自受，所以就認命吧。

「那麼拍都拍了，真樹也好好貼上去吧。我就饒了你，不用貼親臉那張。真樹的手機只有我會看，所以不要緊吧？」

「唔……是可以啦。」

海親手貼上我們兩人一起拍的大頭貼，我們各自親筆在上面寫下訊息。

「一直在一起喔。」

「一直在一起吧。」

走出出租店仔細一看，還是覺得一股羞恥感湧上心頭。

想必這種事情也是青春的一頁，但之後每次看都一定會臉紅。

青春這種事情，是不是其實需要很強的精神力呢。

「……嘻嘻。」

「海，妳看起來好開心啊。」

「嗯。因為接下來有那麼多期待的事情嘛。黃金週也是，而且最重要的是，還有要跟真樹兩個人去旅行。」

「還沒確定就是了……不過如果能在這陣子去就太好了。」

「一起去吧。這樣絕對比較開心。」

「……就是啊。那麼海想去哪裡？」

「海外！海很漂亮的地方。」

「這再怎麼說也太不可能了吧。」

「嘻嘻，是這麼沒錯啦。那麼真樹想去哪裡？」

「嗯～……像遊樂園之類的人會很多，所以……那個，像是溫泉。」

「……色色。」

「我不是說想男女混浴，也不是想看海裸體，不是這個意思。」

「……你不想看嗎？」

「……我沒這麼說。」

「看吧。」

「唔。」

關於地點，彼此的意見多半需要再整合，時期則多半會在暑假那陣子吧。

包括取得雙方母親的同意，黃金週期間多半也會需要先做好規劃。

預算，去處，交通手段，在哪裡住宿等等。

雖然還不確定能不能只有我們兩個去旅行，但如果只是計畫就沒有任何問題。

光是討論這些事情，我與海就能度過快樂的時光。

如果以後的日子都能像現在這樣，一直過得開朗，快樂，有時還有點害羞，那就太令人高興了。

我一邊感受著十指牢牢交握不分開的女朋友手上傳來的溫暖，一邊這麼想。

終章2 第一次有的心情

※※※

升上二年級後的第一個大型活動——班際比賽順利結束了。

……不過我是這麼覺得，但對其他人而言也許不是這樣。我讓海、新奈仔、紗那繪和茉奈佳，還有讓真樹同學從頭到尾為我操心。

就結果而言，我認為很圓滿。可是也不是沒有可以做得更好的地方。這點也得反省。

而且這次總覺得那不是平常的我。

雖然要說是新朋友……也許不是，但也有了可以說話的對象。是個叫做小渚，有點彆扭，但本性很容易受傷，很纖細，其實很努力的平凡女生。

在學校的成績也比我好得多了。

我一說我們是朋友，她就會立刻否定：「才不是。」但好歹我們也做到了像是和解的事情，既然這樣，之後只要好好努力，讓我們總有一天能變成真正的朋友就好。

不用擔心，我辦得到。

……雖然我的好朋友有點傻眼。

可是，這就是我，天海夕。

「——那麼小天，我們要搭反方向的電車，先這樣吧。」

「啊，嗯！今天謝謝大家答應我唐突的邀約！玩得好開心！我們改天再一起玩吧！」

「嗯。下次來我們的地盤。到時候我們會歡迎妳的。」

「嗯，我好期待！」

我和參加慶功宴的十一班成員道別。我本來還以為她們是升學班的學生，也許跟我們調調不一樣，結果每個人都是非常乖巧的孩子，今天的KTV唱得比平常更開心。

中村同學莫名很會用鈴鼓。七野同學明明參加輕音樂社，歌也唱得非常好，但聽說在社團活動完全不唱。加賀同學最愛唱動畫歌曲。早川同學參加劍道社，外表一派正經八百，卻會和我一起唱歌跳舞，落差非常大。

只要有這四個人在，想必海一定每天都過得很開心。

應該說萬萬沒想到那樣的海，在這五個人當中，竟然是處於被大家寵愛的定位。

自從離開了國小與國中就讀的女校之後，接觸到的每一件事真的都好新鮮。

海被她們四個拿她和真樹同學的事情虧而難為情的模樣，真的好可愛。不過這個我早就先看過了，所以在這方面真的有點優越感。

「夕，我們也差不多該走了吧。」

「嗯。對了，新奈仔他們呢？」

「新奈去洗手間，叫我們先走。」

「這樣啊。了解。」

我和先去跟中村同學她們道別的海與真樹同學會合，三個人一起走向車站月台。

其實我也想和小渚一起回去，但她依照自己的宣言，乾杯後待了一會兒，對於該付的錢分文不差地付完就先回去了。

因此跟小渚這邊，我打算日後再兩個人一起出去玩。一起唱唱歌，一邊在家庭餐廳開心聊天一邊吃飯，之後去個遊樂場，或是在街上閒逛。

她多半又會嫌我煩吧。然後嘴上雖然抱怨個不停，卻還是會陪我到最後。

小渚的傲嬌意外可愛。

「嗚啊……嗯～感覺突然睏得不得了……玩得很開心所以沒什麼不好，不過有點鬧過頭了……等回到家我有自信五秒鐘就睡著。」

「同……同右……」

「啊哈哈……對不起喔，你們兩個今天聽了我好多任性的要求。」

「嗯～沒關係啦，別在意。夕今天比誰都更努力，而且說來說去我們也玩得很開心。對吧？」

「嗯。累是累了，但多虧這樣我也暢快多了。」

兩人眼睛都睜不太開，但還是這麼說。包括班際比賽與賽後的種種，怎麼想都覺得今天是我把大家牽著走，但無論海還是真樹同學都一句抱怨也沒有，以溫和的笑容接納我。

他們這對男女朋友，火熱得連我看了都難為情，想必他們也想兩個人悠哉地過，卻為了我而挪用了週末的時間。

我現在能夠有這樣的笑容，無疑是多虧了他們兩人……不，還多虧了新奈仔、紗那繪、茉奈佳在內的大家。

本來我想對大家做出更多更多的答謝……但就算我這麼說，多半也會被大家說：「不用啦。」加以拒絕，所以我想讓自己以後也展現出開朗而活力充沛的一面，作為對大家的答謝。

說到這個，到頭來我跟海的籃球對決變得不了了之。投籃對決沒個明確的結果，班際比賽的比賽也是平手。

不知道下次機會什麼時候會來。

希望到時候可以分個高下。

「嗚……唔……」

「嗯？海，怎麼了？感覺妳好像有點心神不寧……」

「啊，嗯。到剛剛是都還好……」

我們下了樓梯，在月台的長椅上等回程的電車時，發現海突然有些扭捏。

我偷偷一問，看來她是突然想上洗手間。

這一說我才想起，在ＫＴＶ的三小時裡，她一直陪在看起來很睏的真樹同學身邊，似乎都沒去洗手間。

「這樣啊。電車還要一些時間才會來，而且就算沒趕上這一班，搭下一班就好，所以妳就別忍了，去上吧。海的包包還有真樹同學都有我幫妳看著。」

「唔……那，那就麻煩妳看一下了。」

至於坐在海隔壁的真樹同學，他已經把身體靠在海的肩上，睡得很香甜。多半是平常就不習慣團體行動，弄得比平常更累吧。

輕輕搖真樹同學幾下，也完全沒有醒來的跡象，於是我把他的頭放在坐他另一邊的我肩上，目送海離開。我必須「顧包括我在內三人份的東西加上睡著的真樹同學」，所以是很辛苦，但新奈仔也快要來了，應該不會有問題吧。

「…………」

我愣愣聽著遠處傳來的車站廣播，輕舒一口氣。

今天從早上到現在的這段期間裡，真的發生了很多事。我從昨天晚上就不太睡得著，受到大家的鼓勵打起精神，但在學校又馬上跟小渚吵起來。

比賽勉強振作起來，之後和小渚也勉強發展到像是和解的地步，但我想憑我一個人絕對做不到這一步。

「……謝謝你喔，真樹同學。今天真的辛苦你了。」

我出聲慰勞在身旁靜靜發出鼾聲的朋友。

事情能發展成這樣，給出這個契機的人，就是在我與海的比賽上半場即將結束時，真樹同學那迴盪整間體育館的加油聲。

那個時候，我發現了自己的行為有多傻。

平常幾乎不會大聲說話的害羞男生發出的聲援，給我當頭棒喝的衝擊，讓我恢復理智。

「——加油，加油啊十班，嗎……」

比賽結束後，真樹同學的聲音仍繚繞在耳邊。

我明白他的加油聲不是為我而喊。不要打出沒看頭的比賽，讓我的女朋友失望——想必他在加油聲裡投注了這樣的用意。

「……就算這樣，我還是很感謝你。」

我靜靜地，輕輕地將手伸向真樹同學的頭，避免打擾他睡眠。

他的頭髮雖然有點亂卻很軟，摸起來很舒服，我這才想起海跟我炫耀過「前陣子我幫他剪了頭髮」。汗味當中，有著淡淡一股跟海很像的香氣。搞不好他們用的是同一個牌子的洗髮精。

平常都只從遠處看，所以不容易看出來，但像這樣就近觀察，就會有各式各樣的發現。

「……嗯……嘶……」

「嘻嘻……海說得沒錯，睡得像個小孩似的。」

我想好好看清楚真樹同學的臉，悄悄將他的瀏海往旁邊撥，讓他露出額頭。

他的眉毛淡淡的，但不太有經過修剪，睫毛意外得長。

這樣一看，是不是有點像女孩子——

就在我這麼想的瞬間。

——噗通。

「嗯？咦——」

忽然間胸口一陣悸動，心臟的跳動就此漸漸變快。

噗通噗通噗通噗通。

「這……這是怎麼回事……」

是身體出了什麼狀況嗎？我立刻將手從真樹同學頭上拿開，就這麼按在自己胸口。

怦咚，怦咚。

……現在似乎沒什麼問題。本以為也許是生了什麼病，但先前的悸動彷彿不存在似的，心跳漸漸找回規律的節奏。

「——啊，有了有了。喂～」

「啊……！」

就在這時，有個腳步聲朝我們接近。

不知道這時機是好還是不好，總之是新奈仔。

「抱歉，阿夕，洗手間人有夠多……等等，阿夕，妳跟委員長兩人在做什麼？」

「啊，呃……呃，真樹同學累到睡著……海說想去洗手間，所以該說由我負責看著包包和真樹同學嗎？」

「咦？怎麼，委員長在睡覺？……啊，是真的。好好笑。我來拍個照。之後我再修個圖，傳到委員長的手機。」

「真是的，不可以啦，新奈仔。在電車來之前，讓他靜靜睡一下啦。」

我湊過去看真樹同學的臉，確認是否被吵醒，但他似乎相當累，即使旁邊這麼吵，還是沒有要醒的跡象。我個人是想乾脆就這麼揹著他走，但我一個人實在辦不到，所以等海回來後，再請海叫醒他吧。

「欸……欸，新奈仔。我有個請求，可以麻煩妳幫我顧一下真樹同學嗎？我也想去一下洗手間。」

「嗯，好啊。那我只要坐在這裡就可以了吧。喂～委員長醒醒啊～在這種地方睡覺會死的～」

「嗯……嗯啊……？哪……哪有，這裡又不是，雪山……」

「新奈仔真是的……那……那我去去就來。」

新奈仔一點都不客氣，開心地搖著真樹同學的身體。我請她幫忙顧包包，繼海之後也走向洗手間……假裝這麼做。

「……欸，阿夕。」

「嗯？什……什麼事？」

「洗手間不在那邊，在對面。」

「唔！啊，抱歉……嘻嘻，那我去一下。」

……啊啊，真是的。果然不行。總覺得若是不找個地方一個人靜一靜，這個悸動就不會停下來。

這種感覺多半是這輩子第一次。

這究竟是什麼心情呢？

後記

多虧各位讀者的支持，本作的集數才能順利增加，謝謝大家。

從本作第一集上市以來過了大約一年半，似乎有比我意料中更多的讀者願意讀，讓我非常高興。還收到了許多讀者表示支持的信，讓我更加打起精神。

真樹與海這兩個人，今後也要請大家繼續支持。本作簡稱是《第二可愛》。

關於本次的第四集，（預計）差不多會和漫畫版第二集同時上市，我個人最吃驚的就是這件事。

漫畫版第一集在三月一日上市，第二集在五月底……這不對勁，間隔不到三個月。雖然覺得以話數來說不是問題，但是和原著平行的漫畫繪製工作應該非常辛苦，我對尾野凜老師只有滿滿的感謝。

所以呢，漫畫版的《第二可愛》也請各位讀者多多關照。

另外YouTube上也和漫畫版連動，公開語音漫畫。有繼ＰＶ等作品後繼續為海配音的石見舞菜香小姐與為真樹配音的石谷春貴先生，以及從本次起為夕配音的鈴代紗弓小姐出演。這樣一想，就覺得這個陣容好豪華。為了讓更多人欣賞這部作品，也為了讓還不知道《第二可愛》的族群也能知道這部作品，全體製作團隊都非常努力，如果各位讀者能繼續給予不變的支持，就太令人高興了。

本集也承蒙許多人士的協助，才得以像這樣送到各位讀者手上。在此鄭重表達謝意。

Sneaker文庫編輯部的各位，以及責任編輯，感謝各位這次也讓我自由發揮。今後我也會我行我素地努力下去，如果各位不嫌棄，還請陪我走下去。

負責插畫的日向あずり老師，感謝您為本集也畫了美妙的插畫。給人的感覺和平常不同的海與夕都非常可愛。

負責漫畫版的尾野老師，以及Alive編輯部的各位。漫畫版每次我都看得非常開心。今後也要繼續勞煩各位。

那麼最後，就以我最想說的一句話來收尾。

這些也全都是拜各位讀者之賜，真的非常謝謝各位。

那麼我們下集再會吧。

國家圖書館出版品預行編目資料

我和班上第二可愛的女生成為朋友 / たかた作 ; 邱鍾仁譯. -- 初版. -- 臺北市 : 臺灣角川股份有限公司, 2024.05-
冊 ; 公分. -- (Kadokawa fantastic novels)
譯自 : クラスで２番目に可愛い女の子と友だちになった
ISBN 978-626-378-926-5(第4冊 : 平裝)

861.57 113003076

Kadokawa
Fantastic
Novels

我和班上第二可愛的女生成為朋友 4

（原著名：クラスで2番目に可愛い女の子と友だちになった 4）

2024年5月23日　初版第1刷發行

作　　者：たかた
插　　畫：日向あずり
譯　　者：邱鍾仁

發 行 人：台灣角川股份有限公司
總　　監：呂慧君
總 編 輯：蔡佩芬
主　　編：林秀儒
副 主 編：楊鎮遠
設計指導：陳晞叡
美術設計：莊捷寧
印　　務：李明修（主任）、張加恩（主任）、張凱棋、潘尚琪

發 行 所：台灣角川股份有限公司
地　　址：104台北市中山區松江路223號3樓
電　　話：（02）2515-3000
傳　　真：（02）2515-0033
網　　址：www.kadokawa.com.tw
劃撥帳戶：台灣角川股份有限公司
劃撥帳號：19487412
法律顧問：有澤法律事務所
製　　版：尚騰印刷事業有限公司
ＩＳＢＮ：978-626-378-926-5